アーモンド入りチョコレートのワルツ

森 絵都

目次

子供は眠る
ロベルト・シューマン〈子供の情景〉より　七

彼女のアリア
J・S・バッハ〈ゴルドベルグ変奏曲〉より　六九

アーモンド入りチョコレートのワルツ
エリック・サティ〈童話音楽の献立表《メニュー》〉より　一一七

解説　角田光代　二〇四

アーモンド入りチョコレートのワルツ

子供は眠る

ロベルト・シューマン〈子供の情景〉より

七月のカレンダーをビリリとやぶって、今年も、再会の夏が来た。

ぼく。智明《ともあき》。ナス。じゃがまる。そして、章《あきら》くん。ぼくら五人のいとこは、今年もまた関東のあちこちから、章くんの別荘をめざして出発する。

正しく言うと、章くんの別荘ではなくて、章くんの父さんの別荘だった。さらにこまかく言えば、ぼくの母さんの姉さんのだんなさんの別荘、だ。理屈ではそうなんだ。

だけどぼくらにとっては、理屈ぬきで、そこはやっぱり章くんの別荘だった。

五年前、章くんの呼びかけで初めてそこに集まった夏から、ずっと。

五年ぶん体がでかくなった今でも、ずっと。

ぼくらにとってそこは、まぎれもなく章くんの別荘であり、そこにある何もかもが、過ぎていく時間の一分一秒さえも、すべてが、章くんの、ものだった。

ぼくの家から上野駅までは、電車で約一時間半。上野から特急「あさま」に乗って、高崎まで一時間ちょっと。そこからまたべつの電車に乗りつぎ、長岡までさらに三時間。章くんの別荘へたどりつくには、そのうえ二時間ほどバスに揺られなきゃならない。

「うちは章くんちみたいにお金持ちじゃないのよ」が口癖の母さんは、もちろん新幹線代なんて出してくれず、今年もぼくは九時間近い長旅をするはめになった。

午前八時半。蛍光色のダッフルバッグをかついで、ぼくは家を飛びだしていく。バッグの中にあるのは必要最小限のものだけ。面倒なものはぜんぶ家に置きわすれてきた。

埼玉県民の智明とは、例年どおり、「あさま」の二号車でぶじに合流。

大宮から乗りこんできた智明は、これまた例年どおり、ばかでかい旅行バッグをふたつもぶらさげている。

とたんにぼくは大声で笑いだしたくなってしまった。

今年もまた、あの夏が始まる！

そんな実感がこみあげてきたんだ。

「よっ」

「ひさしぶり」

「なんかおまえ、また背が伸びたな」

「そうなんだよ」

　まのびした声でうなずく智明は、ぼくと同じ中学二年生。そのわりにはやけに落ちついていて、頭が良く、何かと要領がいいもんだから、親戚《しんせき》のおばさんたちの人気ナンバーワンだ。ぼくから見てもいいやつだけど、ちょっと変わったところもある。

　たとえば、ばかでかいふたつの旅行バッグ。この中には毎年、大量のタオルがつめこまれているんだ。智明に言わせれば、それが必要最小限のタオルってことらしい。

「聞いた？　浦和のばあちゃん、今度こそほんとに死にそうだって」

「聞いたけど。でもあのばあさん、去年もそんなこと言ってたじゃん」

「しぶといよね。肝臓が悪いんだっけ？」

「腎臓《じんぞう》じゃなかった？」

　いくらいいとこだって、ひさしぶりに顔を合わせると、やっぱりちょっと照れくさい。ぼくらはとりあえず共通のばあちゃんの話でもして、生きるの死ぬのと時間をかせいでいるうちに、窓から見える灰色の景色に緑がまざりはじめてきた。やがてビルが消え、町が消え、一面が田んぼに覆われていく。空がぐんと、高くなる。

　近づいていく。

　ぼくらの夏に、近づいていく——。

章くんの別荘は、村のバス停から急ぎ足で三十分。海までは駆け足で三十秒の、小高い丘の上にある。

別荘の周辺には人家など見当たらず、もちろん海の家も、店もなかった。それどころか、ぼくら以外の人間はめったに見かけない。付近の海辺は岩場だらけで、海水浴場と呼ぶには砂浜もせますぎるから、だれもそんなふうには呼ばず、わざわざ泳ぎにも来ないのだった。

空を仰げばカモメよりも先にカラスが目につく、本当にわびしい海辺だった。

そんなへんぴな場所に、ぽつんと、章くんの別荘はある。

西洋風の、しゃれた白ぬりの二階建て。屋根は平らで渋いオレンジ色。出窓なんてものまでついている。

「どうだい、このデザインは。スペインのコスタ・デル・ソルを思いださないか?」

なんて、いつか章くんの父さんが言っていたけど、思いだすも何も、ぼくはコスタ・デル・ソルなんて見たこともない。

しゃれた外観とは裏腹に、別荘の中はごくシンプルだった。家具が少ないぶん、どの部屋も殺風景ながら広々としている。ぼくは毎年、二階の客室を智明と一緒に使っていたけど、真ん中からぱっかりとふたつに分けたって、ぼくんちのひとり部屋よりずっと広かった。

中でも一番広いのは、みんなの集まるリビング。十二畳ほどのフローリングの部屋で、その中央にあるテレビやステレオを半円形の巨大なソファが囲んでいる。薄いグリーンの、ほわほわの、やたらと座り心地のいいソファなんだ。

午後五時半。ぼくと智明が汗だくになって到着したとき、ナスとじゃがまるはすでにそのソファでテレビをながめていた。

「あっ。恭《きょう》くんと智明くんだ」

ぼくらに気づくと、いっせいに体をよじって、立ちあがる。

ナス顔のナスに、じゃがいも頭のじゃがまる。あいかわらずベジタブルな兄弟だ。

「じゃがまる。ナス。元気だった？」

じゃがまるの頭をごしごしこすりながら言うと、

「うん。恭くんも智明くんも元気だった？」

じゃがまるがいっぱしの口調で訊《き》きかえしてくる。

最年少のじゃがまるは、今年でようやく小学四年生。いつもどこかに絆創膏《ばんそうこう》をくっつけている元気なチビだ。ぼくらの仲間入りをしたのは三年前の夏からで、当時はホームシックにかかったり、海でおぼれかけたり……と大変だったけど、このごろじゃ、なんでも一人前あつかいされたがるようになってきた。

「章くんは？」

　智明がナスに尋ねると、

「もう来てるよ。一番に来てた」

「さすが新幹線はちがうよなあ。おまえたちはまた車？」

「うん。母さんが連れて来てくれた」

「恵美子おばさん、もう帰ったの？」

「うん。帰りに浦和のおばあちゃんちに寄ってくんだって」

　ナスが言って、意味もなく「へへへ」と笑った。

　ナスはじゃがまるのアニキで、ぼくのひとつ年下。こいつについてはなんの説明もいらないと思う。あの、どこかとぼけていてまぬけっぽいナスという野菜をイメージしてほしい。そのまんまだ。

「ねえねえ、浦和のおばあちゃん、もうすぐ死ぬんでしょ」

　じゃがまるが無邪気な声をあげて、ナスにぽかりとこづかれた。

「ばか。へんなこと言うなよ」

「だってお母さんが言ってたもん」

結局、ここでもまたばあちゃんの話題になる。

「腎臓、だいじょうぶなのかね」と智明。

「肝臓でしょう」と、ぼく。

「あれ、心臓じゃなかった？」と、ナス。

「老人性痴呆症《ちほうしょう》だっ」

ひときわ大きな声がして、ぼくらはいっせいにびくんとふりむいた。

章くんだ。

再会の挨拶《あいさつ》をする間もなく、章くんは威勢よくぼくらをどなりつけた。

「いいか、あのババアはな、ここんとこボケてきて、ちょっと転んだだけでも死ぬ死ぬって大騒ぎなんだよ！　おまえらがすぐ真に受けっから、どんどんその気になっちまって、今じゃ本物の病人気取りだ。ババアを甘やかすな。厳しく鍛えろ。わかったかっ」

それはもうまったく、一年のブランクがあったとは思えないほど、あいかわらずの章くんだった。野鳥みたいにキッとした目も。あごまで伸びた長い髪も。すらりと細い体つきも。そしてそのパワフルな舌の回転も、章くんはまるごと去年からキープしてきたらしい。

わかった、とうなずくしか道はなかった。

「わかったら、くだらねえこと話してないで、さっさと小野寺さんの手伝いでもしろっ」

ぼくらは豆のように飛びちって、台所へと一目散に駆けだした。


毎年のことながら、ひさびさにいとこ同士が再会する瞬間には、だれもがちょっとよそゆきの顔をしている。章くんはべつとしても、みんなどこかしら緊張していて、じれったいような、むずむずするような、へんな感じだ。

でも、そんなものはいつまでも続かない。

その日も、みんなで夕食のテーブルを囲むころになると、ぼくらはもうすっかり一年前のぼくらにもどっていた。章くんを中心に会話は弾み、智明は上手に合いの手を入れて、ぼくはときどき、へまなつっこみをして章くんににらまれ、ナスはへらへらしっぱなしで、じゃがまるは話なんかそっちのけで料理の皿に集中している。そんな一年前のぼくらのまんまに。

それからもうひとり、なくてはならないパートナーがぼくらにはいる。

「小野寺さん、今年もお世話になります」

「よろしくおねがいします」

夕飯のあと、ぼくと智明は母さんたちの言いつけどおり、ようかんの包みを持って小野寺さんのもとへ挨拶に行った。

小野寺さんは五十代半ばのおじさんで、この別荘の管理人。ぼくらが集う二週間のあいだは、毎年、泊まりこみで面倒をみてくれる。と言っても、ぼくらはこれまでも大抵のことは自分たちでやってきたから、本来の役目は、ぼくらのお目付け役ってとこだろう。食事だけは一日三回、しっかりと作ってくれる。元板前だけあって料理の腕はなかなかだった。

台所にいるとき以外、いつも小野寺さんはそのへんの岩場で釣りをしている。無口で、耳も遠いから、ぼくらとの会話はほとんどない。話しかけても、あいづちをうつタイミングがへんだから、やっぱり聞こえてないんだと思う。

小野寺さんはつまり、ぜんぜんうっとうしくない最高のお目付け役なのだった。

「こりゃ、どうも」

やせぎすの手でようかんの箱を受けとると、小野寺さんは足音も立てずに台所へと消えていき、代わりに章くんがずかずかやってきた。

「おい、おまえらも早くシャワー浴びてこいよ。ひとり二十分以内だぞ」

濡《ぬ》れた髪をタオルでごしごしやりながら、ぼくらにてきぱきと指示を出す。

「それが終わったら、しばらく自由時間な。十時になったらリビングに集合だ」

ぼくと智明はぎくっと顔を見合わせた。

不吉な予感。

「まさか、アレじゃないよね」

「そんなあ。着いたそうそう、アレはないよ」

それから十時までは気が気じゃなかった。ぼくは部屋でごろごろ、智明はバッグからタオルを取りだしてきれいに畳みなおしたりしながら、お互いの不安をひそひそと語りあう。

「でも、章くんならやるかもよ。初日だろうと、なんだろうと」

「やるかもなあ」

「去年はどうだったっけ？」

「やったかもなあ」

「げ」

そして実際、今年も章くんはやってくれたのだった。

集合の十時。リビングのソファに行儀よく腰かけたぼくらの前で、章くんはステレオの電源を入れた。ちかりと光るONのライトをうっとり見つめると、今度は両脇に並んだスピーカーのカバーをはずしていく。

用意が整うと、章くんはぼくらにむかって一枚のアルバムをうやうやしく掲げて見せた。

今ではめったに見かけない、あのビッグサイズのＬＰ盤だ。

ＣＤのデジタル音なんてしゃらくさい、という章くんの父さんの信念によって、この別荘にはいまだにあの古風なステレオがある。収納棚には二、三百枚ものＬＰがぎっしりとつまっていて、そのすべてが死にそうに退屈なクラシックばかりだった。

そう。章くん一家の趣味は、クラシック鑑賞なんだ。しかも章くんの場合、選ぶのは必ずピアノ曲と決まっている。ぼくら四人は毎年、毎晩、そんな章くんの趣味におつきあいすることになっていたのだった。

これは接待ゴルフなんかよりもずっとしんどいおつきあいなんじゃないかと、ぼくは思う。体がぐらぐらするほど眠い一日の終わりに、さらに眠気を誘うピアノ曲を聴かされるなんて、苦行以外のなにものでもない。もっとも、ぼくらは修行僧じゃないから、いつも途中でみんな眠りこけてしまう。朝、目を開くと、そこは部屋のベッド、ってありさまだ。

小野寺さんが部屋まで運んでくれるんだろう。

あのおじさんにそんな重労働をさせたくないし、あんまりはやばやと眠りこけると、つぎの日、てきめんに章くんの機嫌が悪くなるから、ぼくはなんとか睡魔と戦おうとするのだけど、いまだかつて勝ったためしがない。

案の定、その夜もあっけなく眠りこんでしまった。

「いいか、この曲集はな、あの偉大な作曲家が自分の子供時代をふりかえって、その遠い日々を慈しむようにして、だな……」

章くんが気取った調子で演説を始めたところまではおぼえている。そのLPのジャケットが、日当たりの良さそうな庭の写真だったのもおぼえている。

でも、それ以外はなんにもおぼえていない。

いったいそれがだれの曲なのかも、どんな曲なのかも。

ちろちろしたピアノの音色より、外から響いてくる波の音のほうが、ぼくにはずっと魅力的で、気持ち良かったんだ。

翌日から、ぼくらの本格的な合宿生活がスタートした。

合宿といっても、ぼくらはべつに特殊な訓練をするわけじゃないけど、規則正しいって点では、まさに合宿としか言いようのない毎日だった。

章くんの別荘におけるぼくらの生活は、朝から晩まで、きっちりとスケジュールが組まれている。それを決めるのは章くんの役目。そして、それを守るのがぼくらの役目だった。

起床は朝の七時。トイレや洗面所の奪いあいのあと、七時半からダイニングで朝食が始まる。八時から九時までは、掃除班と洗濯班に分かれてひと働き。三十分の休憩が終わると、それから先は昼までずっとリビングで勉強だ。じゃがまるだけはそのあいだ、部屋で漫画を読んだり、海辺で雲の観察をしたり、好きに過ごしていいことになっていた。

昼食はジャスト十二時。その後片付けをすましてから、ようやくぼくらは自由な時間を手に入れる。

といっても、その自由な時間だって、ぼくらの中心にはやっぱり章くんがいた。「ちょっと泳ごうか」と、章くんが言えば、ぼくらはすぐさま海に飛びこんだし、「買い物に行こう」と言われれば、サンダルを引きずってぞろぞろ町へくりだした。

夕食は七時。また後片付けをして、順番に風呂《ふろ》に入ると、今度は本物の自由時間だ。そのころにはもうみんなぐったりしていて、部屋で寝ころんだり、リビングでテレビを見たりしながら、だらだらと過ごした。

そしてついに、夜の十時。

恐怖のクラシック・アワーがやってくる。

章くんには毎年、「今年はこれだ」というLPがあって、ぼくらと過ごす二週間のあいだ、とことんその一枚を聴きつづける。去年はメンデルスゾーンの〈無言歌集〉で、一昨《おとと》年《し》はモーツァルトの〈ピアノソナタ第十一番〉だった。

今年はどうやらシューマンらしい。

〈子供の情景〉という二十分たらずの小曲集だ。

ピアノの音楽はぼくにとって、あいかわらず退屈なよくわからないもので、それはメンデルスゾーンだろうとモーツァルトだろうと似たようなもんだったけど、〈子供の情景〉だけは、ちょっとおもしろいと思った。

曲の名前がおもしろいんだ。十三の曲にそれぞれサブタイトルがついている。

一曲目は〈見知らぬ国と人々について〉。おっとりとスローなメロディーで、じゃがまるはすでにこの曲が終わった時点で眠りこけている。二曲目の〈不思議なお話〉と、三曲目の〈鬼ごっこ〉は、あっという間に耳をすりぬけていく威勢のいい曲だ。四曲目の〈おねだりする子供〉で、再びすとんとテンポを落とす。そのやわらかなフレーズにナスのいびきが被《かぶ》りだすのもこのあたりだ。すうっと波が引いたあとには、また大きな波が押しよせる。五曲目の〈大満足〉、それに六曲目の〈重大事件〉。うとうとしかけたぼくの脳みそをひっかきまわすように、またしてもハイな曲調が続くんだ。

この作品集はぼくらをもてあそんでいるとしか思えない。その証拠に、七曲目は打って変わってしめやかな〈トロイメライ〉。この曲だけはぼくも知っていた。起きたての赤ん坊でもまた眠るような子守歌だ。このへんで智明もついにダウン。ぼくは意地になってまぶたをこじあけつづける。八曲目の〈炉ばたにて〉は軽快なリズムのかわいい曲。九曲目の〈木馬の騎士〉はわずか数十秒で激しく果てる。残すところは、あと四曲。懸命に自分をはげましながら、ぼくは十曲目の〈むきになって〉に挑戦する。ぜんぜんむきになっている様子のない、うすらとぼけたメロディーだ。まぶたが重く被さって、ぼくは夢の中へと一歩足を踏みいれる。

十一曲目の〈びっくり〉が浮かんでこないところをみると、ぼくは毎回、そのまま夢の世界へ引きずりこまれてしまうらしい。まだ意識は残っている。あと二曲だ。がんばれ。シューマンなんかに負けるな。だけどぼくは負けてしまう。十二曲目の途中で、完全に、熟睡してしまうんだ。

癪《しゃく》なことに、その十二曲目のタイトルときたら、〈子供は眠る〉。

だからぼくはまだ一度も、最終曲、〈詩人のお話〉を聴いたことがない。

「でもさ。章くん、中学生のくせにクラシックが好きなんて、なんかへんだと思わない？」

別荘にきて四日目の朝。かんかん照りの太陽の下で、智明と洗濯物を干しているうちに、ふとそんな言葉がぼくの口をついてでた。

あとから考えてみると、これは非常に危険な発言だった。そして実際、この一言が今年の夏を、去年までとはまったくべつのものに変えてしまったんだ。

きっかけは、朝食の時間のちょっとした出来事。

ハムエッグにソースをかけようとしたぼくに、章くんが「ばか。ソースなんてかけるな。しょうゆで食えよ」と小言を言った。

その瞬間だ。ぼくは初めて章くんに対して、素朴な疑問を感じてしまった。

どうしてぼくはいつも章くんの言うとおりにしなきゃいけないんだろう？

ふしぎなことに、それまではそんなこと、一度だって考えたことはなかったんだ。章くんは中三で、ぼくらの一番年長で、そもそもこの別荘の主人（の息子）で、だから言うことをきくのはあたりまえだと思っていた。五年前からぼくらはずっとそうしてきたんだし。ときどき面倒くさくなることはあっても、もやもやといやな気分になったのは、本当にそのときが初めてだった。

ぼくは結局、ハムエッグにしょうゆをかけて食べたけど、ソースのほうがうまいのに……という苦い後味はいつまでも残った。

だから智明とふたりきりになったとき、とっさにそんなことを口走ったんだと思う。

「ふつうはさ、ロックとか、ポップスとか、聴くじゃん。せめてフォークだよ。クラシックなんて、ちょっと聴かないぜ」

「まあ、ねえ」

智明は慎重だった。たぶん用心していたんだろう。

「でもさ、だれにだってちょっとずつ、へんなところはあるんじゃない」

その証拠を示すように、智明は洗いたてのタオルをつぎつぎとロープに引っかけていく。

庭一面にジグザクと張られたW状のロープ。その半分のVは智明のタオル専用だった。

たしかに、顔を洗うたび、風呂に入るたび、歯をみがくたびに、いちいちタオルを変えていく智明だって、相当へんだ。

「まあ、そりゃあ、ぼくだって、へんなとこはあるけど」

ぼくが口ごもると、智明は大きくうなずいて、

「うん。正直言っておれ、おまえの味覚ってよくわかんない」

「え、そうか？」

「オムレツにソースぐらいならまだわかるけどさ、天ぷらにソースはないと思うよ。漬物にソースってのも、おどろいた」

「やっぱり、へんかなあ」

「へんだよ。思いきり」

言われてみれば、そのとおりだった。

ぼくにも、智明にも、だれにでもへんなところはあるんだろう。

ナスは顔の形がへんだし、じゃがまるは頭の形がへんだ。

でも……。

「でもぼく、智明やナスの漬物にまでソースをかけたりはしないよ。章くんみたいに、自分の趣味を押しつけたりは、しない」

ぼくはいつになく強い調子で言った。

そのとたん、こんがり焼けた智明の顔の中で、ふたつの瞳《ひとみ》が怪しい光を放ったのだった。

「いいか、恭」

智明はぼくの手首をむんずとつかむと、スパイみたいに声をひそめて、

「この話は、あとでじっくり、だ。今言ったようなこと、ほかのみんなの前で、絶対に言っちゃだめだぞ」

「なんで?」

「その理由も、あとでじっくり、だ」

低くつぶやくなり、智明はまた何事もなかったようにタオルを干しはじめた。

赤。青。黄色。山吹色に緑色。色とりどりのタオルが潮風に乗ってはためいている。

「きれいだなあ」と、ぼくがつぶやいて、智明に笑われた。これが、この夏最後の平和な

瞬間だったのかもしれない。

その日のぼくは何をするのもうわの空だった。勉強中は「集中力がない」と、章くんに怒られるし、昼食中はまたうっかり冷やし中華にソースをかけて「成長がない」とにらまれるし、ろくなことはない。

ようやく智明とまたふたりきりになれたのは、夕食のあとの自由時間。ちょっと散歩してくる、と章くんに断って、ぼくらは海辺へくりだした。

星空のまばゆい夜だった。濃紺の闇の中、ちくちくと瞳を刺すような光が、水平線の奥のほうまでもずっと続いている。ぼくらはその下をぶらぶらと歩いて、別荘からだいぶ遠ざかったころ、平らな岩場に並んで腰かけた。足下の暗がりで何十匹もの船虫がいっせいに飛びのいていった。

「五年前、最初にここに来たときのこと、おぼえてる？」

船虫の影を目で追いながら、智明がぼそっと切りだした。

「五年前？」

「うん。なんかもう大昔みたいだよな」

「だよなあ」

当時の記憶はあいまいだった。だって、ぼくはまだ小学三年生だったから。じゃがまるは小さすぎて連れてきてもらえなかった。そんな時代だ。

「あのときさ、正樹《まさき》くんって子も来てたじゃない」

「ああ、うん……」

「ほらあの、章くんとしょっちゅうけんかしてた子」

「うん、うん」

思いだした。

正樹くんは章くんの父さん方の親戚《しんせき》。ぼくらとはその夏が初対面だった。気ままというかわがままというか、とにかくマイペースな男の子で、みんなが勉強していてもひとりで遊んでたし、もちろんクラシック鑑賞なんてつきあわずに、さっさと部屋へ引きあげていった。ぼくはうらやましかったけど、章くんはいつもかりかりしていたっけ。

「正樹くんがここに来たの、あの夏が最初で最後だったよな」

智明の声が重く響いた。

「つぎの年からは、もういなかった」

「うん」

「なんでだと思う?」

ぼくには返事ができなかった。

「四年前はさ、貴《たか》ちゃんも一回、来たじゃない」

「ああ、貴ちゃんね」

貴ちゃんのことはよくおぼえている。スーパーマンみたいな小学生だったから。

「すごい子だったよね。勉強できるし、スポーツも得意だし、掃除なんかもささっとやっちゃってさ。小野寺さんにも、料理の筋がいい、なんて言われちゃって。何やったってみんなの一番で、体も章くんよりでかいから、ぼくらと同い年なのに、なんか一番年上みたいでさ……」

そこまでべらべらしゃべってから、ぼくははたと口をつぐんだ。その貴ちゃんもつぎの夏には、ぼくらの前から消えていたんだ。「また会おうね」って約束して、にこにこ手をふって帰っていったのに。

「つまり、そういうことだ」

智明が言った。

「章くんに逆らったり、章くんよりデキるところを見せたりしたら、もうここには呼ばれなくなる」

脳天にがつんと来た。

ぼくは一瞬、どうすればいいのかわからなくなって、とっさに海へ目をやった。暗い暗い夜の海。遠い岸辺に灯台の光が見える。その光がぐるりとひとまわりしても、ぼくにはまだどうすればいいのかわからなかった。

「じゃあぼく、どうすればいいのかな」

情けないけど、ぼくは智明に訊《き》いてみた。

「今までどおりにしてればいいんだよ。章くんの言うことをきいて、章くんより目立たないようにして」

「章くんの言うことがいやになっても?」

「いやな顔なんて見せるなよ。隠すんだ。隠しとおすんだ」

「できるかな」

「おれは去年からそうしてたよ」

ぼくはおどろいて智明にむきなおった。

智明は苦しい笑顔をこしらえて、

「だっておれ、今年もここに来たかったから。おまえや、ナスや、じゃがまるとさ、また一緒に遊びたいじゃん。そうでなきゃなんか、夏って感じ、しないもんなあ」

たしかにそうだった。

この別荘で過ごす二週間の夏。それはぼくらにとって本当に貴重なものなんだ。みんなが勢揃いして遊べるのなんて、この機会を逃すと、ほかにない。やかましい家族から離れて、ぼくらだけの世界にひたれるこの大事な夏を、ぼくは絶対になくしたくなかった。

「帰ろ。そろそろシューマンの時間だよ」

智明が元気なく言って、立ちあがった。そのまま両手を腰に当て、ぐぐっと体をそらしながら、

「おれね、今年ここに来てみたらさ、章くんより背が伸びてたんだ。ほんの少しだけど。でもなんとなくそのこと、章くんにバレちゃまずい気がして、いつも猫背なの」

「そうか」

そんな苦労までしてたのか。

「じゃ、ぼくらの部屋にいるときは、ぴんと伸ばしてなよ」

ぼくも元気なく言って、立ちあがった。

お互いをいたわりあう老夫婦みたいに、ぼくらは来た道をとぼとぼと引きかえしていった。

波の音。

風の音。

突然降りだした夕立の音。

過ぎていく時の足音みたいに、ぼくらの耳にたくさんの音を刻んで、今年もまたじわじわと夏が遠ざかっていく。

智明のまわす洗濯機の音。

ナスとじゃがまるの兄弟げんかの騒音。

真夜中の、ぼくの歯ぎしり。

そして、章くんのかけるピアノの音色。夜ごとにぼくらを苦しめる単調なメロディー。

それは一見、去年までの夏とまったく同じ音の寄せ集めだった。

リピート。リピート。リピート。

そうやって正確にくりかえされてきた、ぼくらの夏。

ついに故障した。

フラットがかかって、奇妙にゆがんだ。

何かが、取りかえしがつかないくらい、大きくくずれてしまった。

「今日は、ちょっと本気で泳ぐか」

午前中の勉強時間。窓の外にちらちらと目をやって、めずらしくぼんやりしていた章くんが、ふいにそんなことを言いだした。

別荘に来て一週間目、ちょうどこの夏の折り返し地点といえる日のことだった。

「昼飯食ったら、みんな外に出ろ。ひさしぶりに競泳するぞ」

ぼくらはおとなしく従って、昼食が終わるとダッシュで海パンに着がえ、海辺へ飛びだしていった。「これをやる」と決めたことがスムーズに運ばないと、章くんはとたんにいらいらしはじめて、しばらく機嫌が直らないんだ。

じりじりと熱い砂浜で章くんを待ちながら、ぼくらはお互いの日焼けあとを自慢しあった。

「ほら、見て。ぼく、二色人間」

じゃがまるが得意げに言って、海パンを少しずりさげて見せる。ナスがそれをさらに引きずりおろそうとして、じゃがまるが悲鳴をあげた。

太陽の光を受けとめて、きらきらとまばゆい波打ち際。水しぶきをはねあげながら、じゃがまるはすたこら逃げまわる。ぼくらはじゃがまるを追いかけて遊んだ。しまいにはだれかれかまわず、お互いの海パンずりおろし合戦になった。

章くんさえいなければ、と、ぼくはこんなとき、ついつい考えてしまう。

章くんさえいなければ、ぼくらはこんなにも自由で、のびのびしていられるのに。

もちろん、そんなことは口にも顔にも出さなかったけど。

ぼくは智明の助言を忠実に守っていた。

章くんに逆らっちゃいけない。章くんよりデキるところを見せちゃいけない。

だからその日も、沖から浜までの一キロほどの競泳で、ぼくはわざと手をぬいて、章くんに負けた。

腕のふりを抑えて。足のばたつきを弱めて。すぐ前を行く章くんを追いこさないように。まちがったって章くんの顔に海水をぶっかけたりしないように。

正直言って、あんまりいい気分じゃなかった。だってぼくはフェアに勝ちたかったし、そんな八百長で章くんをアンフェアに勝たせたくもなかったから。

ぼくは後ろめたい思いのまま二着でゴールを決めた。

ところが。

「恭。おまえ、腕のふりが鈍ってんぞ」

砂浜で休んでいたぼくにむかって、章くんが得意満面で説教を始めたとたん、そんな後ろめたさはすっとんでしまい、ぼくの中にはまたむくむくとべつの感情がわいてきたんだ。

「いつも言ってるじゃんか。もっとこう、後ろから威勢よくふりあげるんだよ。それから息つぎのタイミングもなってない。あんなんじゃ一キロ以上、泳げねえぞ」

ぼくは去年から中学の水泳部に入っている。そんなことはコーチから何度も聞かされてきたし、本気を出せば章くんよりも速く泳げる。それなのに、なんにも知らずにえらそうにしている章くんが、なんだかとっても、ばかみたいに見えた。

いったいぼくはどうしちゃったんだろう？

章くんに対するもやもやした思いは、日ごとにぐんぐんふくらんでいく。

章くんの一言一言がしゃくにさわる。

章くんのやることなすことが気に入らない。

女みたいにさらさらの髪をぱさりとかきあげる章くんのしぐさを、ぼくはいつか真似したいと思っていたのに、今じゃそれさえも鼻持ちならないキザなものに思えてきた。

あと一週間。なんとかこの夏を乗りきらなきゃいけないのに、ぼくはもう爆発寸前だった。

それでもぼくが爆発せずにいられたのは、智明とふたりでせっせとストレス解消にはげんでいたからにちがいない。

「章くんさっきさ、智明の数学の問題、解けなかったよね」

「うんうん、すごくあせっちゃって、おかしかった」

「昼めしのときもさ、章くん、しょうゆとまちがって大根おろしにソースかけたんだよ」

「おまえ、とことんそれにこだわるな」

「でも、がまんして最後まで食べてた」

「意地っぱりなんだよな、章くんって」

「すぐに怒るし」

「すぐにいばるし」

「自分勝手だし」

「おれのタオルも勝手に使うし」

「でも結構、章くんって短足だよね」

「章くんがすべった」

「転んだ」

「さっきオナラしてた」

もう、なんでもありだった。

ぼくらは夢中で章くんの悪口を挙げたてた。だってそれはものすごく、自分でもおどろくくらい、おもしろかったんだ。

そして。ぼくらはついにナスまでも仲間に引きずりこむことに成功したのだった。

ナスとじゃがまるが兄弟げんかを始めると、章くんは決まってじゃがまるの肩を持つ。けんかの理由も訊《き》かずにナスだけを叱りつける。そのことでナスがいつもくやしがっているのを、智明は見ぬいていた。

ぼくにも年子の姉さんがいる。とっくみあいのけんかをすると、男ってだけでぼくのほうがよけいに怒られるから、立場はちがうものの、ナスの気持ちはよくわかった。

そこで、ぼくらはナスにかまをかけてみたんだ。

競泳のつぎの夜。夕食後の自由時間に章くんがテレビの美人女優にくぎづけになっているすきを見て、ナスをぼくらの部屋へ誘いこんだ。

「ナス。おまえさ、章くんのこと、どう思う？」

単刀直入に、ぼくは迫った。たとえちょっとやばい発言をしたって、このとぼけたナスならすぐに忘れてくれるだろう。

「どうって？」

「いつもぼくたちに命令ばっかりしてるじゃない」

「うん」

「どう思う？」

ぼくと智明は額をくっつけるようにしてナスの顔をのぞきこんだ。もともとのっぺりと無表情なやつなので、たいした変化は見られなかった。

「そりゃあ、命令されるのは、そんなに、うれしくないよ」

「うれしくない」と、ぼくはくりかえした。

「それに、あんまり、楽しくないよ」

「楽しくない」と、智明がくりかえした。それからちょっと声を荒らげて、

「なんだよ、ナス。なんか、歯切れわりいなあ」

「だって、これ以上言ったら、まずいでしょ」

「まずいって？」

「章くんにばれたら、ぼく、来年からここにいられなくなるじゃない」

ぼくは飛びあがるほどびっくりしてしまった。

「なんだよ、ナス、おまえ……、おまえまでそんなこと考えてたのかよ」

「だってぼく、正樹くんと貴ちゃんのこと、おぼえてるもん」

「え」

「正樹くんはなんにもやらなくて章くんにきらわれた。貴ちゃんはなんでもできすぎたから、章くんにきらわれて、いなくなっちゃったんでしょ」

「おい、ナス、おまえ、そんな顔して……」

裏切られた気がした。

なあんにも考えてないような顔をして、へらへらと毎日をやりすごしながら、ナスはしっかりと、肝心なところを嗅《か》ぎつけていたんだ。しかも、ぼくよりもずっと早くに。

「だいじょうぶだよ、ナス」

ナスを安心させるように、智明が言ってきかせた。

「おれたちは絶対、章くんに言いつけない。だっておれたちだって章くんのこと、同じように思っててんだから。これでもいろいろ苦労してんだ」

と、後ろ手に背中をぽんぽん叩《たた》く。

「猫背にしてるんだって。章くんより伸びたから」

ぼくが説明すると、

「恭だって、ほんとは章くんより泳ぐの速いのに、遠慮してんだ」

智明も説明をつけたした。

なんとなく、ふたりしてナスの顔をまじまじと見つめてしまう。

「その点、おまえけいいよなあ。そういう苦労がなくて」

「ぼくだって」

ナスはプライドを傷つけられたらしい。むきになって声を裏返すと、

「ぼくだって、あるよ」

「何が?」

「章くんに遠慮しちゃうこと」

「おまえが、何を」

「マイネィミィズヨシヒコ」

ぼくらは一瞬、耳を疑ぐった。それから猛烈に興奮して、

「なんだ、おまえ、今の英語だろっ」

「すっげえ。本物の外国人みたいじゃん」

「もう一回言って」

「マイネィミィズヨシヒコ」

「なんて言ったの?」

発音が速く、本物っぽすぎて、聞きとれない。

「ぼくの名前は義彦です」

「もっとなんか言って」

「アイムノットゥアンエッグプラントゥ」

「なんて言ったのっ」

「ぼくはナスじゃありません」

「……」

　なんとナスは小さいころ、近所の英語教室に通っていたのだった。アメリカ人の先生に教わっていたから、今でも発音だけは自信があるらしい。

　それでもナスは勉強中、章くんから英文を「読め」と言われても、そんなきれいな発音で読んだことなんてなかった。「マイ、ネイム、イズ、ヨシヒコ」みたいに、きちんと日本人らしい読み方をしていたんだ。

「章くんの前だと、なんとなく、そうなっちゃうんだよね」

　薄っぺらい眉毛《まゆげ》をたらして、ナスが気のぬけた声を出す。

「わかるよ」

　智明が言って、ぼくもうなずいた。

　それからというもの、ぼくら三人は何かとくっつきあっては、章くんをネタに冗談や悪口を言ってもりあがるようになった。ナスはぼくらほど章くんに不満を抱いていなかったものの、章くんのものまねは最高に上手で、腹が痛むほどぼくらを笑わせてくれた。

　ここにひとつ問題が発生する。

った。

章くんの目を盗んでは、ぼくら三人がこそこそやっているのが、じゃがまるとしてはおもしろくない。首をつっこんでも相手にされないもんだから、ついに癇癪《かんしゃく》を起こしてしまった。

じゃがまるは怒ると物に八つ当たりする。

その夜。二十分の入浴を終えてリビングにもどって来た章くんは、そこいらじゅうに投げだされた雑誌やクッションやテーブルクロスを見て、ぎょっとした。

「おい。なんだ、これ」

「じゃがまる」

ナスが言って、じゃがまるを指さした。

暴れまわってくたびれたのか、じゃがまるは真っ赤な顔のまま床にあぐらをかき、抗議の姿勢を取っていた。

「じゃがまる。おまえ、もう高学年だろ？　いいかげん、こういうことはやめろよな」

章くんが言うと、

「まだ中学年だよ」

じゃがまるは仏頂面で言いかえす。

「で、今度はなんだ。何が気にいらなかった？」

「みんなが仲間外れにする」

「みんなって、だれだ」

「兄ちゃんと、恭くんと、智明くん」

章くんの視線がぼくらに移った。

「仲間外れになんて、してないよ」

ナスがしどろもどろに弁解する。

「ただ、じゃがまるはまだ子供だから、あんまり聞かせないほうがいいような話も……」

「ほらっ、すぐにそうやって子供あつかいする。そんなの、ずるいよ、ぼくだけ」

じゃがまるはとうとう泣きだしてしまった。「オオオオオー！」と、狼の遠吠《とおぼ》えみたいなうなり声をあげ、全身をフルにばたつかせての盛大な泣きっぷりだ。

騒々しいのがきらいな章くんが露骨に眉をしかめる。そのいらだちはじゃがまるを飛びこえてぼくらへむかってきた。

「じゃがまるを子供あつかいするな」

章くんはぼくらを冷たく見すえると、

「だいたい、おまえらだってまだ子供じゃねえか。おれが見てなきゃ、勉強も掃除もしない。年じゅうグースカ眠ってるだけで、たった二十分の曲も最後まで聴けないガキじゃねえか」

「ちが……」

ちがう。ぼくがあの曲を聴きとおせないのは、それはぼくが子供だからじゃなくて、趣味に合わないからだ。

ぼくは思わずカッとして、右足を一歩前に踏みだした。

その足を智明が踏んづけた。

やめろ、と、智明の目が言っている。ここで切れたら、すべてがパーだ。あと四日。あと四日がまんすれば、来年へのパスポートが手に入るんだぞ。

ぼくは踏みだした足をもとへもどした。

じゃがまるは泣きやむタイミングをのがしたようで、まだばたばたと騒いでいる。そうこうしているうちに小野寺さんがやってきて、散らかった床を片付けはじめた。

「いいです、小野寺さん」

章くんが言って、ぼくら三人に「やれ」と命じた。

「さっさと始末してくれよ。もうすぐおまえらの大好きな音楽鑑賞の時間だからな」

このとき、ほんの数秒のあいだだけど、ぼくは真剣に章くんを「始末してやりたい」と思った。

つぎの日は、雨だった。

ぱらぱらと、こわれたシャワーみたいな小雨が降りつづき、ぼくらは別荘に閉じこもったまま、だれもがなんとなく浮かない顔をしていた。

ぼくらはもう章くんの悪口をそれほど口にしなくなった。じゃがまるのこともあったけど、それ以上に、ぼくらは本気になりすぎてしまったんだ。

げらげら笑いながら、章くんのあげ足をとって遊んでいるうちは、まだ良かった。

でも、章くんに面とむかってガキ呼ばわりされた今、ぼくらは本気で腹を立てていたし、そうなると悪口もどんどん深刻な重苦しいものになっていき、その深刻さに、ぼくら自身が、うんざりしてしまった。

じゃがまるの様子もおかしかった。

「もうおまえのこと、子供あつかいしないよ。これからはちゃんと中学年あつかいする」

そう言って和解したはずなのに、じゃがまるはぼくらを無視して章くんのあとばかり追いかけまわしている。

いつもなら、あれくらいのけんかで、いちいち根に持つようなやつじゃないのに。

雨のせいかもしれない、とぼくは思った。じゃがまるは天気に左右されやすいから、雨さえ上がれば、けろっともとにもどるかもしれない。

しかし、翌日も雨は降りやまず、じゃがまるの機嫌も直らず、ぼくらはますます無口になった。小野寺さんの幽霊みたいな足音や、包丁がまないたを打つ音がやけに耳につくようになったくらいだから、この別荘はよほど静まりかえっていたんだろう。

別れの日まで、あと二日。

あさっての朝が来たら、ぼくらはいっせいにまわれ右をして、もと来た世界へと引きかえしていく。

それなのに、ぼくらはいったい何をやっているんだろう?

ふと考えるたび、ぼくはやるせない気持ちになった。

でも、そのすぐあとで思うんだ。いっそのこと、さっさとあさってになってしまえばいい、って。

そうすればぼくは、とりあえず今年の夏をうまく切りぬけたことになる。来年の夏へのパスポートをぶじに手に入れる。

ぼくにとってはそれが何より重要なことだった。

それ以外のことはまた来年考えればいいと思っていた。

ぼくは、とってもおめでたい中学二年生だった。

「王様は裸だ」とさけんだのは、小さな子供だった。賢い人にだけ見えると言われて、ありもしない服を身にまとい、大手をふって街を歩いていた裸の王様。王様はそのとき、どんな気がしただろう？　憎いのは小さな子供じゃない。それまで王様をだまして偽物のおせじをふりまいていた連中だったと思う。

章くんは王様ほどばかじゃなかったけど、ぼくらの嘘をあばいたのは、やっぱり小さなじゃがまるだった。

別れの前日。

この夏の終了まで、あとわずか二十時間。

ようやくそこまでこぎつけたときになって、じゃがまるはすべてをひっくりかえしてしまったんだ。

その日の天気は最高で、焼きたての甘い菓子パンみたいな、いかにも真夏のピークってにおいのする風が吹いていた。きのうまでの雨が冗談みたいに、太陽の光が青空一面に冴《さ》えわたり、乾いた砂浜には水たまりのような蜃気楼《しんきろう》がいくつも浮かんでいた。

自由研究の「雲の観察」に出むいていったじゃがまるも、うだるような外の暑さには降参したらしい。

「雲なんてひとつもないっ」

ふうふう息を切りながらもどってきて、リビングの隅のテーブルで「貝殻の研究」を始めた。貝殻を一列に並べたり、また並べかえたり、ちょっと重ねてみたり。どう見ても遊んでるだけだったけど、研究という建て前で冷房のきいたリビングにいたかったんだろう。

ぼくらはソファで勉強中だった。

その日の課目は英語だった。

「ナス。ここんとこ、ちょっと読んでみろ」

章くんがナスに教科書をまわした。それは中三の教科書で、ぼくらにはまだ早すぎたけど、だからこそ自分が教えてやるんだと章くんは張りきっていたんだ。

「二九ページの頭からだ」

「ええと。イン、ザ、ノース、オブ、ザ、シティー、オブ、ヒロシマ……」

つっかえつっかえ、ナスが慎重なカタカナ読みをする。単語はさほどむずかしくないから、ナスならすらすら読めるだろう。なのに、わざわざそんな読み方をするナスがおかしくて、ぼくはこみあげてくる笑いを押し殺した。

そのときだ。

「兄ちゃん、何してんだよ」

テーブルからじゃがまるが不満げな声を響かせた。

「へんな発音しないでよ。兄ちゃん、もっとうまいじゃんか。へんな読み方すると癖になるって、ミスター・エリオットが言ってたよ」

時が凍りつく、とはまさにこのことだろう。ナスは見るからに動揺して耳まで赤らめ、ぼくと智明もこまってうつむいた。やばい。こいつはやばいぞ。

「どういうことだ？」

章くんがナスにつめよると、

「兄ちゃん、ミスター・エリオットに英語習ってたんだよ、六年間も」

ナスの代わりに、じゃがまるが答えた。

「ぼくも今、通ってんだ。まだ兄ちゃんには負けるけどね」

このとき章くんがどんな顔をしていたのか、ぼくは知らない。のぞきこむ勇気なんてとてもなかったから。

ぼくらは気まずくだまりこんだ。

章くんの沈黙が不気味だった。

異様な緊張感がリビングに立ちこめる。そのぴりぴりした空気の意味がわからず、じゃがまるは混乱して立ちあがった。

「どうしたの？　みんな」

だれも答えを返さない。

「ねえ、どうしたの？　どうしちゃったの？」

じゃがまるの声が泣き声に近づいていく。

どうしたの、どうしたの、と、じゃがまるは必死でくりかえし、たまりかねたナスが
「なんでもないよ」とつぶやくと、

「ちがうよっ」

バシッと、ぼくの肩に何かが当たった。

「なんでもなくないよ。ぜんぜん、なんでもなくないじゃんかっ」

ふりむくと、真っ赤な顔のじゃがまるが両手に貝殻を握りしめている。口もとをぶるぶると震わせて、完全にべそをかきながらも、じゃがまるはぼくらにバシバシと貝殻を投げつけた。

「みんなへんだよ。おかしいよ。この夏はなんだか、どうかしてるよ。兄ちゃんも恭くんも智明くんも、みんなへんなんなっちゃったよ。ぜんぜんちがくなっちゃったよ。ちがくないのは、章くんだけだよ。こんなのいやだ、いやだ、いやだっ」

瞬く間にすべての貝殻をぶちまけると、
「もとにもどしてよっ」
一言、絶叫して、じゃがまるはリビングを飛びだしていった。
バシャン。じゃがまるの叩《たた》きつけた扉がうなり声をあげる。
ぼくらはみんな、あっけにとられていた。
いったい何が起こったんだ？
うつろな頭で考えながら、ぼくは床に散った貝殻をながめまわした。
まっぷたつに割れた貝殻。
こなごなに砕けた貝殻。
ぼくの足下でまだ震えているちっぽけなかけら――。
何かとりかえしのつかないことが起こったんだと、ぼくはようやく気がついた。
「どっちみち、これで最後なんだ」
最初に口を開いたのは、章くんだった。
ぼくらは章くんに注目した。
「最後って？」
組んだ両手にあごをのせ、章くんはどこか一点を涼しげな瞳《ひとみ》で見すえている。

「おれはさ、来年はもう高校生だ。いいかげんおまえらと遊んでるような年でもないだろ。今だって、これでもいちおう受験生だぜ」

「だからなんなの？」

ぼくがうわずった声をあげると、章くんはふっと苦笑いをして、

「だからさ、おれがここに来るのは、今年で最後ってこと。どうだおまえら、うれしいだろ？」

シャレにならなかった。

ぼくらは打ちのめされた。うれしいどころか、こてんぱんにやられた。

だって章くんがいなきゃ、ぼくらの夏は始まらないんだ。

その証拠に、

「ばか、そんな顔すんな。おまえらがまた来たいんなら、いいよ、勝手に使えよ。おれから親父に頼んどくから」

章くんがそう言ったとき、申しあわせたわけでもないのに、ぼくらはいっせいにかぶりをふっていた。

この別荘は章くんのものだ。おじさんなんて、関係ない。

章くんは意外そうにぼくらをながめ、「そうか」と、低くつぶやくと、強引にこの話を

打ちきるようにして腰を浮かした。

「じゃ、おれはちょっとじゃがまる見てくっから。おまえら、先に昼飯の仕度でもしてろ」

章くんは急ぎ足で玄関をめざし、ぼくらは音のないリビングに取り残された。

この夏のどこかに、永遠に、取りのこされた気がした。


ぼくらの夏が今年で終わる。完全に終わる。

そしてもう二度と、始まらない。

小野寺さんの料理をダイニングに運ぶあいだも、その皿をテーブルに並べるあいだも、ぼくらは一様にだまりがちで、動きもどこかぎごちなかった。あの器用な智明が花瓶を倒した。ナスはみそ汁の椀にごはんをよそった。ぼくはみんなで食べるニラ炒《いた》めの大皿にソースをかけてしまった。めちゃくちゃだ。

ぼくも、智明も、ナスも。だれもが似たようなショックと、そして似たような後ろめたさを感じていたのだと思う。

そんなぼくらに比べたら、かえってじゃがまるのほうが冷静だった。

十二時を少しまわったころ、章くんと一緒にもどって来たじゃがまるは、赤い目をしながらも精一杯、中学年としての威厳を示してくれた。

「さっきはちょっと、おとなげなかったよ」

ぽつりと言って、テーブルの椅子に腰かける。

「あのこと、聞いた？」

ナスが尋ねると、

「うん。でも、ぼく、もういいんだ」

両足をぶらぶら揺さぶりながら、じゃがまるはもう何もかもあきらめきったような口ぶりで、

「でもさ、そういうことだったら、もっと早く言ってくれればよかったのに」

それにはぼくも同感だった。

章くんはどうしてだまってたんだろう？

こんな大事なことを、なんだって今まで隠してたんだ？

ぼくは問いかけるように章くんを見た。章くんはぼくがソースをかけたニラ炒めを噛《か》みしめているところだった。ぼくの視線に気づくと、たちまちけわしい目つきになって、

「あのな、恭」

ぼくはびくんと身を引いた。けれど章くんの口から出てきたのは、ぼくの恐れていたソ

ースの話題じゃなかった。

「午後、また競泳するぞ」

みんなで勝負する競泳なのに、章くんはぼくだけを見つめて、言ったんだ。

「これが最後の勝負だ。がんばれよ」

天気のいい日には、空と海のあいだに佐渡島《さどがしま》が見える。今日みたいな晴天の日には粟島《あわしま》も見える。

水平線に浮かぶその二つの島にむかって、ぼくらは平泳ぎでゆっくりと進んでいった。

最後の競泳。

一キロほど沖へ出ると、そこをスタートラインに、今度はクロールでの本勝負だ。

スタートの直前、章くんに「行くぞ」と頭をはたかれて、ぼくはこくんとうなずいた。

「ようい、スタート」

ぼくらは陸へむけていっせいに泳ぎだした。

強烈な午後の日ざしが空のてっぺんから五つの頭を照らしだす。それはまるでカメラのフラッシュライトみたいに、息つぎのたびにぼくの瞳を直撃した。額のあたりに一瞬の風を受けとめて、ぼくは再び水の中へすべりこんでいく。

ぼくはもう手をぬかなかった。がむしゃらに手足を動かし、高々としぶきをあげて、陸へ、陸へと突進していく。

二百メートルほど来たあたりで、ぼくは早くも章くんをぬいていた。そんなペースじゃ最後までもたないから、やや速度をゆるめて体を休ませる。そのあいだも背後から章くんの迫ってくる気配はなかった。それどころか距離はどんどん開いていく。これじゃ前回のいかさまを白状しているようなもんだけど、ぼくはそのまま突っ走った。

わざと負けるなんて、もういやだ。「がんばれよ」とはっぱをかけられたとき、ぼくは章くんの目を正視できなかった。あんなやましさはたくさんだ。

ラスト百メートルの地点で、ぼくはスパートをかけた。うまく波に乗って体を押しだす。ありったけの力をこめて海をかきわける。

気がつくと、ぼくは断トツの一位で陸の上にいた。

力を出しきった爽快感《そうかいかん》と、同じくらいの脱力感。

砂浜で呼吸を整えていると、数十秒遅れでゴールした章くんが疲れた足どりで歩みよってきた。すうっと右手をさしだしたので、反射的にぼくも右手を出すと、その手をパシャリとやられ、おまけにほおをつねられた。

「いて」

ぼくが顔をしかめると、章くんは愉快そうにからからと笑い、そのまま別荘へ引きあげていった。

やせっぽっちの後ろ姿が、蜃気楼《しんきろう》のむこうにかすんでいく。

ぼくはその場にへたりこみ、大の字になってまぶたを閉じた。

潮と魚とこんぶのにおい。

大きく息を吸いこむと、胸がつまって、苦しくなった。

章くんにつねられたほおがじんじんしていた。

どれくらいそのまま寝ころんでいただろう。体じゅうに張りついた水滴が乾ききったころ、死体みたいにじっとしていたぼくを、だれかが親切に埋めはじめた。ひざのあたりにひやっとした感触。見ると、じゃがまるがせっせと砂をかけている。

「ついに勝ったね」

目が合うと、じゃがまるは言った。

「うん」

ぼくがうなずくと、じゃがまるは急に声を落として、

「でも、ぼくはもう一生、恭くんや章くんに勝てないんだ」

その思いつめたような口ぶりに、ぼくはあわてて言いかえした。

「なんでだよ、じゃがまる。そんなことないよ」

「だって、もうこんなふうにみんなで泳ぐことなんてないでしょ」

「うーん」

「ほらね」

「いや……、でもさ、じゃがまる」

ぼくは必死で言葉を探した。

「そりゃあ、ぼくらの競泳はこれで最後かもしれないけど、でもきっとそのうち、ぼくや章くんよりずっと速いやつが、じゃがまるの前に現れるよ。じゃがまるがそいつに勝ったら、それはさ、ぼくや章くんにも勝ったってことだろ？　そしたら手紙でも書いて知らせてくれよ」

「うん。それはいいかもね」

じゃがまるは大まじめにうなずいた。

「でも、何年かかるかなあ」

「すぐだよ、じゃがまるなら。だってぼくがじゃがまるくらいのころはさ、泳ぐどころか、海がこわくて近づけなかったんだから」

「恭くんが？」

「うん。なのに章くんってば、ぼくの手をがしっとつかんで、ぐいぐい引っぱって、水の中に放りこむんだ。もう、悪魔かと思ったよ。ぎゃーぎゃー泣きながらバタバタやって、必死で陸に逃げようとして……。でもさ、そうこうしてるうちにちょっとずつ、ちょっとずつ、泳げるようになってってたんだ」

しゃべりながら、ぼくは再びまぶたをおろしていった。

波打ち際でナスと智明がじゃがまるを呼んでいる。何かめずらしい貝殻を見つけたらしい。

じゃがまるは一目散に駆けていき、ぼくは右手をそうっと動かして、章くんにつねられたほおに当てた。

まだ、じんじんしていた。

とうぶん消えそうもない痛みだった。

だれもが暗くふさぎこみ、お通夜みたいだった昼食の時間に比べると、夕食はまるでお笑い芸人の大宴会だった。

見事に腹をくくったのか、単なるやけっぱちか。まるで陰気だった今年の夏を取りもどすように、ぼくらは異常にはしゃぎまくり、それはそれはすごいテンションだったんだ。

ふだんなら聞こえないふりをされるようなギャグさえ大ウケで、ナスなんて章くんの目の前で章くんのものまねをやらかす始末。章くんはさすがにむっとしていたけど、ぼくはそのとき初めて小野寺さんが声をあげて笑うのを見た。最後にいいものを見た、と思った。

そして今宵《こよい》も訪れる、恒例のクラシック・アワー。

最後の夜だからってぼくらをあっさり眠らせてくれるほど、章くんは甘くなかった。

「たぶん章くんはさ、地球が明日で滅びるってときでも、この日課をやめないだろうね」

「だろうなあ」

「無人島に何かひとつ持ってくとしたら、絶対ステレオだよね」

「うん。おれはタオルかな」

「ぼくは……」

「ソースだな」

智明と言いあいながらリビングへ行くと、ナスはすでにソファの上で半眠り、じゃがまるはどうどうと熟睡していた。

待ちかねていた章くんが、ぼくらに「座れ」とうながす。ぼくらが従うと、のっそり腰をあげて準備を始めた。

いやだいやだと思いながらも、くやしいことに、今では章くんがステレオに触れた瞬間から、ぼくの頭に最初のフレーズが流れだすようになっていた。

一曲目の〈見知らぬ国と人々について〉。ステレオにライトが灯《とも》り、ひっそりとその曲が始まった。

ぼくはひとつの決意をしていた。

最後まで聴く。それだけのことだ。

が、楽じゃない。

耐えるぼくを誘惑するように、ナスは五曲目、智明は七曲目の途中で心地良さそうな寝息を立てはじめる。

ぼくは親指のつめを太ももにつきたててがんばった。友達に聞いたこわい話を思いだしたり、テーブルクロスの染みを数えたり、あらゆる手を尽くして踏んばった。

努力はむくわれて、いつしか十二曲目の〈子供は眠る〉にさしかかっていた。

淡いメロディー。陰鬱《いんうつ》な短調。すすり泣くようなピアニッシモ。やがてその声もかすれて消えていく。

ぼくはいつも途中で挫折《ざせつ》していたけど、じっくり聴いてみると、これはなかなか物悲しい曲なのだった。

そして始まる最終曲、〈詩人のお話〉。これがまた輪をかけたような物悲しさだ。無口な詩人が必死で何かを語りかけている。ときどき言葉をなくして立ちつくす。しまいにはあきらめて去っていく。

小曲集が完結しても、ぼくはしばらく詩人の行方に思いを馳《は》せていた。

そう。ついにぼくは最後まで聴きとおしたんだ！

恐ろしいことに、そのＬＰにはべつの作品も収録されていたけど、章くんはそこでプレーヤーの針をおろした。

「やったな、ついに」

ふりかえるなり、からかうような笑みをぼくにむける。

「うん」

ぼくはにっこりとうなずいた。それから、このときのために用意していた言葉を、勇気をふりしぼって口にした。

「でもぼく、ぼくの好きなロックやポップスだったら、あと三十分は聴いてられると思うよ」

ガキ呼ばわりされた仕返しじゃない。今さらそんなことはどうだっていい。ただぼくは、最後の最後ぐらい、ごまかしじゃないぼくの気持ちを、本当のところを、きちんと伝えておきたかったんだ。

章くんはふいをつかれたようにだまりこんだ。ステレオの下の収納棚に腰をひっかけて、きょときょとした顔で何度も前髪をかきあげている。なかなか怒りだす気配がないから、ぼくまできょときょとしていると、やがて章くんは大きく息を吐きだして、

「浦和のババアがさ……」

いきなり、とんちんかんな話を始めた。

「あのババア、昔、よくうちに遊びに来てたんだよ。まだボケてなかったころな。どうもあいつ、おれのこと哀れんでたみたいでさ、ふびんだとか言って、何かとうちに来てたんだ」

「ふびん？」

「ほら、おまえんちにはアネキがいんだろ。智明にも妹がいる。ナスにはじゃがまるがいるし、じゃがまるにはナスがいる。でもおれだけひとりっ子だから、さびしがってんじゃないかって、さ。まさにあれだ、老婆心ってやつだな。で、ババアのやつ、浦和から鎌倉のおれんちに来るだけでも一苦労なのに、いつもこんなばかでかい紙袋まで持ってくんだよ」

こぉんな、といって、章くんは浮き輪のように両腕をまるくした。

「何が入ってると思う？」

「ケーキ？」

「ちがう」

「アイス？」

「溶けるって」

「おもちゃ？」

「そうだな、ババアにとっちゃ、これがおもちゃみたいなもんだったんだろうな」

つぶやくなり、章くんは頭《こうべ》をたれて両足のあいだをのぞきこんだ。添え木でもつけたくなるほど細っこい章くんの両足。その合間からは奥にあるLPの収納棚が透けて見える。

「これだよ、これ」

「あ」

「ガキのおれにはちっともありがたくないレコードをさ、あのババア、紙袋いっぱいにつめてきやがるんだ。しかもその曲ってのがまた堅苦しい……」

「クラシックのピアノ曲？」

ようやく話が見えてきた。

ぼくの声に章くんは苦笑して、

「ピアノの音色は人の心の足りないところを埋めてくれる。それがババアの持論だったんだ。そんで、うちにくるたびに毎晩、おれにピアノのレコード聴かせるわけ。埋めろ、埋めろって感じにさ。おれもまだガキだったから、だんだんその気になって、まともに聴いてるうちにさ、そのうちピアノにとりつかれちまって……。なんかこう、なくてはならなくなったわけだ。あのババアだって、今じゃボケておれの顔もわからなくなって、それでもピアノ聴いてるときだけは妙に幸せそうだぜ」

章くんが言って、「でも」とつけたした。

「でもおまえらには、べつにピアノなんていらなかったのかもしんないな」

今度はぼくがだまりこむ番だった。

知らなかった。章くんのクラシック好きにそんなわけがあったなんて、ぜんぜん知らなかった。

知らなかったのはそれだけじゃない。さらにこのあと、章くんはまたひとつ、ぼくがまったく知らずにいた姿を見せつけてくれたんだ。

「もう寝ろ。明日は早いぞ」

章くんが伸びをして立ちあがると、それを合図のようにして、半開きの扉のむこうでうろついていた人影が忍びよってきた。小野寺さんだ。

「すみません、遅くなっちゃって」

章くんの声に小さくうなずくと、小野寺さんはしょぼついた目をソファへむけ、よだれをたらして眠りこけているじゃがまるのもとへと足を進めた。その両腕がじゃがまるを抱きあげると、今度は章くんがナスに手を伸ばした。

え？　とぼくが思ったつぎの瞬間には、ナスはすでに章くんの腕の中にいた。

章くんはあの細い腕でナスを持ちあげたんだ。「よいしょ」と気合いを入れて、かなりしんどそうに。

小野寺さんと章くんがよたよたリビングをあとにしても、ぼくはまだソファの上で身動きもできずにいた。

当然といえば、当然だった。ぼくらが寝入ったあと、章くんも小野寺さんと一緒にぼくらを部屋まで運んでいる、と考えるのは自然なことだ。でもぼくはそんなこと考えなかった。五年間、一度だって、考えてみなかった。

フロアランプの橙色《だいだいいろ》がぐにゃりとよじれた。

毎晩毎晩、「よいしょ」と、ぼくらを抱きあげる章くんの姿を想像したら、不覚にもぼくは泣きたくなった。

そんなにまでしてぼくらにシューマンを聴かせたかったなら、聴いてやりゃあよかったんだ。何回でも、何時間でも、聴いてやりゃあよかったんだ。そして一言でも、なんでそんなにピアノが好きなのか、訊《き》いてみるんだった。もっと早く、いろんなことを、話してみるんだった。

章くんと小野寺さんがもどってきたとき、ぼくは頭をひざにくっつけるようにしてうなだれていた。

そんなぼくを横目に、章くんは智明の頭へ、小野寺さんは足下へまわりこみ、ふたりがかりで運びだそうとする。

ぼくはようやく顔をあげ、小野寺さんに「代わります」と告げた。

身長のある智明はずっしりと重かった。足下をふらつかせながら階段をのぼり、部屋のベッドにその体を放りだす。

じゃあな、と踵《きびす》を返す章くんを、ぼくはとっさに呼びとめていた。

「章くん！」

「あ？」

「今年の夏は……」

ぼくはあえぐように言った。

「今年のぼくは、卑怯《ひきよう》だったよ」

章くんは一瞬きょとんとして、それからふふんと鼻で笑った。

「おれなんか、昔から卑怯だよ」

ひらひらと、てのひらを泳がせながら去っていく。

章くんの足音が消えてなくなると、暗がりの部屋の中でぼくはとほうにくれた。扉に背中を押しつけたまま、ぼんやり視線をさまよわせる。

ベッドの脇に智明のタオルが落ちていた。何度も何度も洗濯機にもまれ、すっかり色あせたブルーのタオル。ぼくはふらふらと吸いよせられていき、タオルを手に取って、顔に押しあてた。

息がつまるような潮のにおいに、鼻の奥がつんとしびれた。

最後の夏のにおいだった。

彼女のアリア

J・S・バッハ〈ゴルドベルグ変奏曲〉より

卒業式の朝。教科書もノートもとうに持ち帰り、空っぽだったぼくの机の中に、一通の手紙が舞いこんでいた。

宛名も、差出人の名もない水色の封筒。広げた便箋《びんせん》の真ん中には、小さく縮こまったような字で、「ごめんね」とたった一言、記されている。

藤谷だ、とすぐにわかった。たちまち全身が熱くなり、彼女と過ごしたまぶしい日々が、ぼくの頭の中を走馬灯のように駆けめぐる。

が、それはほんのつかの間のことだった。

ぼくの体はすぐに冷え、おまけに悪寒までがこみあげてきた。

彼女と過ごさなかった忌まわしい日々が、続けざまに頭の中を駆けめぐりだしたのである。

藤谷りえ子。

おなじクラスになったこともなければ、クラブで一緒だったこともない彼女の存在を、ぼくが初めて知ったのは中三の秋だった。

九月なかばの球技大会の日。

あの日は朝からクラスのみんながやけに燃えていたのをおぼえている。ぼくらにとっては中学最後の球技大会ってことで、「男子サッカーと女子バレーのダブル優勝！」を目標に、だれもがやる気満々だった。そしてぼくはただひとり、そんなみんなをひどくゆううつな思いでながめていたのだった。

べつにサッカーがきらいとか、スポーツが苦手とかいうわけじゃない。ただ単に、ぼくはそのころ寝不足続きで最悪のコンディションだったのだ。

夜になっても眠れない。疲れきってベッドに入るのに、とんと眠気が訪れない。ようやくうとうとしかけても、すぐにまた頭が冴《さ》えてしまう。

そんな状態が一か月も続いていた。

つまりぼくは、不眠症、というわけのわからない病に陥っていたのである。

一か月の不眠というのがどれだけしんどいものか。どんなふうに人を痛めつけ、ありったけのエネルギーを吸いとって、空っぽにするか。経験のない相手にこれを説明するのは至難のわざで、そんなことする気もないのだが、まあとにかく当時のぼくが十五歳の若さにして百歳の長寿じいさんなみの体力しか持ちあわせていなかった、ってことくらいは言っておきたい。生きるパワーとか執念深さ、とかいう点では、長寿じいさん以下だった。そんなぼくにサッカーをやれ、というのは、長寿じいさんにバンジージャンプをやれ、というのとおなじくらい、めっそうもないことだったのだ。

そこでぼくはいさぎよく、逃げよう、と決意した。

朝礼のあと、颯爽《さっそう》とグラウンドへくりだすクラスの連中と足並みをそろえ、ぼくはひとまず教室をあとにした。「絶対に優勝しようぜ」とか、「B組にだけは負けたくねえよな」とか、心にもないことを言いながら下駄箱《げたばこ》で靴をはきかえた。それからさりげなく、はきかえた靴をまたぬいで、うわばきをはきなおした。みんなの流れに逆らって、再び校内へと引きかえしていくぼくに気づいたやつはいなかった。

生徒も教師も出払った校舎。そこにひとり居残ったぼくは、とりあえずお気に入りの場所をめざすことにした。一階の連絡通路を渡り、むかいの古ぼけた旧校舎へとだるい体を引きずっていく。

明治の終わりに建てられたというこの旧校舎は、別名、無人島とも呼ばれていた。二年前にコンピューター室なども備えた新校舎が建って以来、もうほとんどただの倉庫となりはてて、幽霊が出るという噂が広まってからはますますだれも近づかなくなっていたのだが、ぼくはその見すてられたような校内の風情がきらいではなかった。

ほこりを被った廊下。手垢《てあか》や落書きだらけの壁。机も椅子も運びだされた教室の、がらんとした静けさ。ときどきどこかの教室で、何年前のものかわからない体育祭の看板や、何に使ったのかわからない怪獣の被《かぶ》りものなんかを見かけたりもする。

球技大会の喧騒《けんそう》も、グラウンドから遠く離れたこの無人島にまでは届かない。

ほっと息をつきながら、ぼくは旧校舎の中をさまよいはじめた。どこかくつろげそうな場所を求めてコッコッと階段をのぼり、廊下を横切っていく。建物全体が黒ずんでいるせいか、新校舎に陽をさえぎられているせいか、この校内はいつ来てもどんよりと仄暗《ほのくら》い。灰色の霧でも立ちこめている感じで、いつどこでどんな物体に出くわしてもおかしくないムードなのだが、実際に出くわしたのは、この日が初めてだった。

それは物体ではなく、音だった。

三階の廊下にさしかかったあたりだったと思う。

ふいにぼくの頭上から、ゆらゆらとあの音楽が舞いおりて来たんだ。

初めは気のせいかと思った。不眠のおかげでついに幻聴まで始まったのかとぞっとした。

しかし耳をすませばすますほど、その音楽はリアルな存在感を伴ってぼくに迫ってくる。

幻聴じゃない、と確信したときには、全身が震えた。

本当にぶるっときた。

だってそれはまさに、ぼくにとって、天の声としか思えない音楽だったのだから。

ぼくは天を仰いだ。天の前にはすすけた天井の壁があり、音楽はそのむこうから聴こえてくる。

小走りに階段をのぼっていくうちに、その正体が見えてきた。

元音楽室。今じゃもう使われていないはずの教室で、だれかがピアノを弾いている。

どくどくと胸を騒がせながら、ぼくは音楽室の戸を半開きにした。

陽当たりの悪い、薄暗い室内。教卓も机も椅子も、シンボルのグランドピアノまで持ち去られた教室の、黒板の前に一台の古いアップライトだけが今もぽつんとたたずんでいる。

セーラー服の女子がひとり、うつむきがちに鍵盤《けんばん》を弾《はじ》いていた。

かすかにほほえんでいるような横顔。ぽってりとした白い肌。やや癖のある肩までの髪――。

それが藤谷りえ子だったわけだが、この時点ではまだ謎の少女Aにすぎない。

いったいこの子け何者だ？

なんでよりによってこの曲を……？

ぼくは思わず教室に足を踏みいれた。と同時にピアノの音色がやみ、藤谷がぱっとふりむいた。切れ長の鋭そうな、それでいてどこかかげりのある瞳《ひとみ》がぼくをにらみつける。のぞき見を責められたようなばつの悪さをおぼえつつ、それでもぼくはとっさにこう口走っていた。

「続けて」

藤谷の反応は早かった。ぼくの声を聞いたとたん、まなざしがふっとやわらいで、口もとにも笑みが広がった。そしてつぎの瞬間、藤谷の両手はもうしなやかに鍵盤の上をすべりだしていた。

〈ゴルドベルグ変奏曲〉

藤谷の弾いていたその調べは、当時のぼくのテーマ曲だった、と言ってもいい。毎夜毎夜の眠れない時間、この曲はいつもぼくの枕元をエンドレスで漂いつづけていた。なぜならこれは、かの有名なバッハが、不眠症患者のために作った曲なのだから。

昔むかし、バッハの知り合いに、ひどい不眠症に苦しむ伯爵がいた。その伯爵からの依頼（この眠れない夜をなぐさめる曲を書いてくれ！）を受けて完成したのが、この〈ゴルドベルグ変奏曲〉なのだそうだ。だからあなたもこれを聴けば眠れるかもよ、とぼくにそのCDを買ってきてくれた母親が言っていた。

スローな子守歌《こもりうた》のようなものを想像していたぼくは、初めてそれを聴いたとき、意外な曲調にとまどった。優しく眠りに導いていくようなメロディーでは、けっしてない。むしろメロディーはあってないようなもので、この変奏曲を支えているのはテンポである。しっとりとうたうように流れていくのは、序曲のアリアだけ。二曲目から始まる三十の変奏曲は、その多くがめまぐるしいほどのハイテンポだ。音符と音符が複雑にからみあい、もつれあって生まれるフレーズが、つむじ風のように耳をすりぬけていく。追いかけようにも、追いつかない。わざと聴き手をはぐらかし、逃げまわるような音律がこれでもか、これでもかと織りなされていく。

安眠効果はなかったものの、ぼくはこの曲を気に入り、眠れない夜のパートナーにすることにした。ぼくを包みこむわけでも、ぼくの中に入りこんでくるわけでもなく、ただささらさらと目の前を通りすぎていくだけの曲調が、ふしぎと心地良かったのだ。

藤谷はこの曲調をじつによくふまえていた。よけいな感情をこめたりはせず、ぶれのない一定のテンポで淡々と音を奏でていく。

その長い指の動きに合わせて、ときおり、彼女のまつげが優雅に揺れた。つやつやした唇は音譜でも口ずさむように、軽く開いたまま小さな呼吸をくりかえしている。

八曲目が終わったところで、藤谷は両手をひざの上にもどした。ここまで、と小声でつぶやき、ぼくをふりかえる。

目が合うと、藤谷は言った。

「眠れないの？」


この日のことをふりかえると、ぼくは今でもなんだか神聖な気分になる。このとき、この瞬間、藤谷はたしかに聖母のような後光をしょってぼくの前に現れたのだ。眠れないの？ と問いかけてきたその瞳には、なんだか傷ついた子犬でも哀れむようないたわりがあって、だからぼくはたじろぎながらもこっくりうなずいていた。

「なんでわかるの？」

「だって、この曲……」

上目づかいにぼくを見つめて、藤谷はうっすらほほえんだ。

「それになんだか、SOSって顔してる」

この一言で、ぼくはもうすでに骨ぬきにされていたのかもしれない。

結局、ぼくは藤谷に問われるままに、不眠の悩みを洗いざらい打ちあけることになった。

一か月前から眠れない夜が続いていること。漢方薬やハーブティーを飲んでも効きめがないこと。父親にはカウンセリングに通えと勧められているが、どうもその気になれずにためらっていること。

健康な人間にはちっともおもしろくないはずの話なのに、藤谷はじつに熱心に耳を傾けてくれた。本気でぼくに同情し、心を痛めてくれているのが伝わってきた。なんでここまで親身になってくれるのかと、しまいには薄気味悪くなってきたほどだ。

が、その理由はじきにわかった。

ぼくの話が一段落すると、今度は自分の番……とでもいうように、藤谷はおもむろに話しだしたのだ。

「あのね、じつはあたしも不眠症なの」

「え」

「もうずっと、ぜんぜん、眠ってないの」

「ずっとって？」

「うーんと、に……二か月くらいかな」

「二か月？」

唐突な同病者の出現に、ぼくはすっかり面食らった。しかも、相手はぼくより重症ときている。

「二か月も眠ってないの？」

　けろっとうなずく藤谷は、見た目にはわりと元気そうだった。ほんのり赤味がかったほおは肉づきがいいし、目の下に隈《くま》も浮かんでいない。でもきっとどこか目に映らないところに、血のにじむような苦しみを隠し持っているはずだ。

「よく生きてるよなあ」

　ぼくが尊敬の眼をむけると、藤谷はくすぐったそうにうつむいて、

「大変だけど、でも良かった」

「ん？」

「毎晩ね、夜になってもずっと眠れないでいると、なんかすごく孤独な気分になるの。ひとりきりで夜の中をさまよってるような、迷子になってこまってるような……」

「うん」

　ぼくはうなずいた。

「わかるよ」

「でも、おなじように悩んでる人と会えて、なんだかほっとした。あたしだけじゃないんだって、心が軽くなったみたい」

「それもわかる」

ぼくだって藤谷との出会いによって、どれほど心が軽くなったかわからない。正直なところ、藤谷の後光がもっとも強まったのだって、彼女が同病者であると知ったときだった。

「ね、これからもお互い、がんばろう。不眠症なんかに負けないように、がんばろうよ。ねっ」

きらめくような藤谷の笑顔に、ぼくはちょっと目をふせてうなずいた。

そうだよなあ。うん。よし、がんばろう。

なんて、素直にしみじみと思っていたのである。


窓辺に並んで座りこみ、この日、ぼくらはよくしゃべった。時間も忘れて不眠の苦痛を語りあった。

眠れない夜のはてしない長さ。

入り口も出口もないトンネルのような闇。

一睡もできないままに夜が明け、白んでいく空を見あげるときのむなしさ。

くたくたの体で過ごす日中の疲労。

ふだんは女子の前だとついつい気どってしまうぼくも、藤谷に対しては最初から自然体でいられた。それは不眠症同士という連帯感のせいでもあったけど、このとき、ぼくらが完全にふたりきりだった、というのも大きいと思う。

アップライトひとつしかない、すかすかの音楽室。そこにはぼくらを冷やかす瞳も、からかう声もなかった。音楽室の永遠の番人、ベートーヴェンの肖像画さえ、今では新校舎に引っ越している。

ぼくらはまわりを気にすることもなく、自由にのびのびと語りあうことができたというわけだ。

そして。

そうこうしているうちに、やがて話題は藤谷の家庭事情にまで及んでいった。

「なぜぼくらは不眠症になどかかってしまったのか？」という問題について語りあっていたときだったと思う。

「原因なんて、とくにないと思うよ。眠れなくなったとか言うと、なんか悩みでもあるんじゃないかってすぐ言われるけど、おれはべつに心当たりもないし……」

というぼくに対して、藤谷はきっぱり「原因はある」と言いきった。

「どんな病気にだって原因はあるでしょ。自分じゃ気がつかなかったり、だれにもわからなかったりするだけで」

「あるの？　原因」

ぼくが尋ねると、「あたし?」と二、三度まつげをパチパチさせてから、藤谷はこくんとうなずいた。

「ママが若い男に走っちゃったの」

「ええっ」

その後、ぼくは藤谷の前で何度も「ええっ」とたまげることになるのだが、最初のこの衝撃ほど強烈なものはなかった。

「相手は自転車屋さんの店員でね、自転車のパンクを直してもらったのがきっかけで恋におちて、ママ、とうとう家出してその愛人のアパートに行っちゃったの。たぶんそのショックで眠れなくなったんだ、あたし。ママは二週間くらいでもどってきたけど、今でも愛人と会ってるみたいだし、パパとはずっと険悪だし、それでこのあいだついに大げんかになって……」

あまりのことに声もないぼくにむかって、藤谷はぺらぺらとよくしゃべった。なんのためらいも迷いもなく、胸につまったすべてのものをとぎれなく吐きだしてくる。

この話は延々と続き、ラストは、藤谷の母親が父親に「もう愛人とは会わない」と約束したところでめでたく幕を閉じるのだが、そのころにはもう昼休みの始まりを告げる鐘が鳴り響いていた。

それでもぼくはしばらく、給食を食べに教室へもどる気にもなれないくらい、ぽかんとあきれはてていた。これほどこみいった家庭事情を聞いたのは初めてで、こんなんじゃこの子が眠れなくなるのもむりないなあ、と思っていたのである。けなげにカラ元気をふりまく藤谷が、なんだか急にいじらしくなった。

だから、ってわけじゃないけど、

「あのさ」

新校舎へと引きあげていく前、ぼくは照れくさいのをこらえて、藤谷に提案した。

「これからもときどき、ここで会わない？　不眠症同士、またいろいろ話したりしないか？」

せっかく同病者と知りあえたのに、このまま別れてそれっきり、というのはなんとなくもったいない。

アップライトのふたを閉じ、その傷だらけの胴体をハンカチでなでていた藤谷は、ぼくの提案ににっこりと、じつにうれしそうにうなずいてくれた。

「うん、また会おう」

本当のところ、ぼくは彼女の笑顔のほうに後ろ髪を引かれていたのかもしれない。

それからというもの、ぼくと藤谷は週に一度のペースであの元音楽室に足を運ぶようになった。

お互いの塾の都合上、会うのはいつも火曜日の放課後だった。

月、水、金の放課後は塾。火、木、土の放課後は友達とそのへんをぶらぶらし、でも結局は家に帰って勉強。まさに典型的な受験生だったぼくの毎日は、藤谷との出会いによって、少し変わった。モノトーンの日々が、にわかに色づいた。

というと、まるでぼくらが逢《あ》い引《び》きでもしていたようだけど、語りあう内容が不眠症という重いテーマだったため、なかなかそんなムードにはなりにくかった。

しかも、藤谷の不眠の原因である家庭事情は、毎週毎週、会うごとに恐るべき展開をくりひろげていたのだ。

「ママ、やっと愛人と手を切ったみたい。でも相手は納得してなくて、ときどき無言電話とか、かかってくるの。夜中の一時とか二時とかに。もうあたし、ますます眠れなくて……」

と言っていたつぎの週には、

「うちに脅迫状が届いたの。たぶんママの愛人から。それでパパが激怒しちゃって、愛人のアパートにどなりこんだのね。これ以上ママにつきまとったら警察につきだすぞ、って。

それでやっと愛人もあきらめたみたいなんだけど、でもそしたら今度はパパのほうが、会社の若いOLと……」

なんてことになり、さらにつぎの週になると、

「パパはもうママと離婚して、OLの人と再婚したいみたい。でもそれを知ったうちの妹が、ショックで家出しちゃって、お兄ちゃんはグレて眉毛剃《そ》っちゃうし……」

まさに波瀾《はらん》万丈、てんやわんやの藤谷一家なのだった。

初めのうち、ぼくはいちいちびっくり仰天し、あっけにとられて言葉をなくしていた。が、慣れとはこわいもので、そのうちに「藤谷一家には何が起こってもおかしくない」というふうに考えるようになった。そして藤谷には悪いけど、内心、次週の藤谷一家はどうなるのだろうと、わくわく期待するようにまでなってしまったのだ。

もちろん藤谷の不眠症には心から同情していたし、早く治ればいいと願ってもいた。

だから藤谷一家がどんなピンチを迎えようと、結局最後には、

「早く解決して、眠れるようになればいいね」

という方向に話はおさまっていく。

ぼくには藤谷の家庭をどうしてやることもできないけど、おなじ不眠症患者として彼女をはげますくらいはできるし、してあげたかった。眠れない夜をともに苦しみ、ともに耐

える。それだけでも少しは救いになるはずだと思っていた。

だからこそ、こまった。

じつを言うとぼくの不眠症は、藤谷と知りあって二週間もしないうちに、けろっと治っていたのである。


中三のあの時期。ふいにぼくを襲い、ふいに去っていった不眠症が、はたして何者だったのか。いったいなんのつもりであんな仕打ちをしていったのか、ぼくにはさっぱりわからないし、わかりたいとも思わない。深層心理だとかをつきつめていけば、何かもっともらしい答えが現れるのかもしれないが、そんなことをして喜ぶ趣味もない。

ぼくにわかるのは、ごく単純な事実だけだ。

ある日突然、読みかけの本でも閉じるように、ぼくはパタンと、眠れなくなった。

そしてまた突然、パタンと本を開くように、眠れるようになった。

それだけ。

ただし、そうして再び始まった本の続きは、藤谷りえ子という新たな登場人物によって、それまでとはだいぶ色合いのちがう物語に塗りかえられていた。

「ね。今夜はお互い、眠れればいいね」

毎週、別れ際には必ずそう言って笑いかけてくる藤谷に、ぼくはどうしても不眠症の完治を告げられなかった。

長い夜の中に藤谷ひとりを置きざりにして、自分だけが先に脱けだしてしまった、という罪悪感。そして、もしもそのことが知れたら、藤谷はもうあの教室に来てくれなくなるかもしれない、という不安。

不眠症という絆《きずな》をなくしたら、もうぼくと藤谷をつなぐものは何もなくなってしまう気がして、ぼくにはそれがこわかった。ぼくらは毎週、共通の悩みを語りあい、はげましあうためにあの薄暗い元音楽室へと足を運んでいたのだから。

実際、あの教室以外でのぼくらは、まったくの赤の他人だった。ときどき新校舎の廊下ですれちがったりしても、藤谷は見事に見て見ぬふりをしてくれた。へんな噂をたてられないように、ふたりでそうしようと決めていたわけだが、それにしても藤谷の演技は真に迫っていた。今、すれちがったのはただの空気……とでもいうようなそっけなさで、足早にするすると通りすぎていく。

そのたびにぼくはひどく不安になった。もしかしてぼくは大変なかんちがいをしてるんじゃないか？　今まで藤谷と会ったりしてたのは、なんかの夢とか幻覚とかではなかったのか、と。

そんなことがあったつぎの火曜日は、藤谷に会いに行くのが待ちどおしくもあったし、空恐ろしくもあった。

弱気な足どりでぼくは旧校舎をめざす。ぼやけた霧に巻かれたような旧校舎。その灰色の天井を仰ぎながら、一歩一歩、そろそろと階段をのぼっていく。やがて頭上からピアノの音色が聴こえてくると、まるで陽ざしでも降ってきたように、ぱっと視界が明るくなる。一気に体が軽くなり、残りの段階はダッシュで駆けあがる。

元音楽室の前につく。ガラリと勢いよく戸を開ける。ほこりっぽい部屋の前方に、軽く両目を閉じるようにしてピアノを奏でる藤谷の姿が見える。

ぼくに気づくと、藤谷はぴたりと手を止めて、にこにこしながら決まってこう問いかけてくるのだ。

「きのうはちょっとでも眠れた？」

いやもう、たっぷり十時間は眠ったよ、なんて言えるわけがない。

廊下ですれちがったときのそっけなさを埋めあわせるかのように、元音楽室での藤谷はつねに優しく、ぼくに惜しみない友情を与えつづけてくれた。

「ねえあたし、こないだ本で見たんだけど、ホットミルクにブランデーたらして飲むと、気持ちよく眠れるんだってよ」

「眠ろう、眠ろうって思えば思うほど、眠れなくなるものみたい。眠れないなら起きてればいいやって開きなおったとたん、眠れるようになった人もいるんだって」

「不眠症で死んだ人はいないって話、知ってる?」

そんな藤谷の気づかいがぼくは本当にうれしかったけど、不眠症が治ってからは、これほど心苦しいこともなかった。

第一、彼女は人の心配などしている場合じゃなかったのである。

冬の到来とともに藤谷の家庭事情はますます悪化し、十二月に入ったころになると、もはや神の手にも負えないほどになっていた。トラブルはもはや藤谷一家だけにとどまらず、藤谷一族にまで及んでいたのだ。

発端は、十一月の藤谷の祖父の死。正月に先がけ、モチをのどにつまらせて死んだ祖父の遺産をめぐって、藤谷一族はそのころ、みにくい骨肉の争いをくりひろげていた。われこそは正当な遺産相続人だ、と一歩も引かない二十人のきょうだいたち。その五男や八女がつぎつぎと謎の死をとげていく。やがて魔の手は藤谷の父親にまで伸びてきた。藤谷の父親はある朝、愛車のブレーキが何者かに細工されていることに気づく。父親は十一男が怪しいとにらむが、しかし藤谷の母親はまったくべつの視点から、細工をしたのはあの若いOLにちがいない、と推理する。話は前後するが、藤谷の父親は十月の終わりの時点で、一度は結婚まで考えたこともある例のOLに、一方的な別れ話をつきつけているのである。その理由を掘りさげていけば、それはまた長い長い話になるのだった。

そりゃあ、なんかへんだなあ、とはぼくだって思った。もともとは昼メロ風だった藤谷一家の話が、どんどん火曜サスペンス劇場になっていくにつれて、だいぶ誇張があるんじゃないかと首をひねるようにもなった。

が、しかし、おもしろいかおもしろくないか、という点からすれば、藤谷の話はたしかにますますおもしろくなってきたのである。

それに。

たとえ話の内容がどんなに荒唐無稽《むけい》でも、それを語る藤谷はいつも真剣そのもので、ひたむきな目をしていた。ぼくをまっすぐに見つめ、何か大事なパワーでも注ぎこむように、熱っぽく懸命にしゃべりつづける。

その姿はまるで、声のかぎりにアリア（独唱）をうたいあげ、暗いステージを光らせようとするオペラ歌手のようだった。

ぼくはそんな彼女のアリアを、いつまでも聴いていたかった。彼女の光に照らされていたかった。

すべての疑問に目をつぶることで、ぼくは彼女と過ごすその満ちたりた時間を守ろうとしていたのかもしれない。

しかし、守りきるにはあまりにも、疑問が増えすぎた。


一度だけ。

すべてがだいなしになる前に一度だけ、藤谷がぼくにひどく無防備な姿を見せたことがある。

あれは冬休みに入る直前の火曜日だった。

半日授業のため、腹は減っていたものの、ぼくはいつもどおり放課後の元音楽室へ出むいていった。

藤谷もいつもどおり、そこでピアノを弾いていた。

でもぼくは、

「きのうはちょっとでも眠れた?」

藤谷のこの問いに、どうしても、いつもどおりに答えることができなかったのだ。ふだんなら、「ううん、ぜんぜん」とか、「あいかわらずだよ」とか、てきとうにごまかしてみせるところなのに、このときはとっさにどんな言葉も出てこなかった。

じつはこの前日、ぼくはそれまで藤谷一族にばかり気をとられて見すごしていた、重大な疑問に気づいてしまったのである。

ぼくと藤谷が出会ったのは、九月のなかば。その時点で藤谷の不眠は、すでに二か月も続いていた。そして今は十二月のなかば。つまり藤谷はもう五か月もろくに眠っていないことになる。

はたして人間は、五か月も眠らずに生きていけるのだろうか？

もしかしたら……と、ここでぼくは考えた。もしかしたら藤谷の不眠症は、もうとっくに治っているのかもしれない。そしてぼくとおなじ理由から、それを言いだせずにいるのではないか、と。

そう考えれば、不眠続きのわりにはやけに血色のいい藤谷の肌も、つねにエネルギッシュなしゃべり口調も、すべて説明がつく。

なあんだ、そうか。そうだったのか。ふたりして不眠症のふりをしてたなんて、笑えるなあ。あ、でも待てよ。だったらいっそのこと、ふたりとも本当のことをバラしあって、これからはもっと自然につきあっていくほうが、お互い気が楽かもしれないぞ。

なんて思いがぼくの脳裏をうずまいていて、だからそのとき、藤谷の問いにどう答えればいいのかわからなくなってしまったのだ。

戸口の前で立ちつくすぼくを、藤谷は怪訝《けげん》そうにふりかえった。

「どうしたの？」

小首をかしげ、頼りない声でささやく。

それでもぼくがだまっていると、一瞬、藤谷はたしかに、おびえた顔をした。まるでこの世の終わりでも見てしまったように、大きく両目を見開いて、体をすくませて。

恐怖。困惑。不安。その凍りついた視線が何を発しているのかわからず、ぼくはうろたえてますます言葉を失った。

いつも惜しみない笑顔をふりまいていた藤谷が、今、顔じゅうをこわばらせて何かにおびえている。あのまぶしかった後光も消えうせ、代わりに得体の知れない影が彼女をのみこんでいく——。

底冷えのする教室が、一段と寒さを増した気がした。

「な……」

ぼくはもうわけがわからず、ただその場の沈黙を埋めるためだけに、ようやく声をしぼりだした。

「なんか弾いてよ」

藤谷は思いだしたように鍵盤《けんばん》を見おろした。それからなぜだか泣きそうな顔で、猛然と両手を動かしはじめたのだ。

ショパンだったかもしれない。グリーグだったかもしれない。藤谷のレパートリーは広いから、ぼくの知らない曲も数多かった。そしてこの日、彼女はそのレパートリーを網羅するような勢いで、いつまでもいつまでも、鍵盤を叩《たた》きつづけた。

ひとつの曲が終わり、つぎの曲に入る前、藤谷はそっと両手を持ちあげて、呼吸を整える。軽くまぶたをおろして、すうっと透きとおった表情になる。

ぼくはその瞬間の藤谷が一番好きだったのだが、この日の彼女には、それがなかった。まだ最後のフェルマータが生きているうちに、あわてて指位置をずらし、つぎの曲へと駆けこんでいく。

その闇雲な音の奏でかたは、会話と会話との一瞬の空白を恐れるように、つぎからつぎへと言葉を紡ぎだしていく彼女のしゃべりかたによく似ていた。

いったい藤谷はどうしちゃったんだ?

さっぱり事態がのみこめず、戸口にぼけっとつっ立ったまま、それでもぼくは一時間ほど彼女の演奏につきあった。

一時間で踵《きびす》を返したのは、空腹に耐えかねたせいではない。

ぼくがそこにいるかぎり、彼女は永遠に演奏を終えることができないのだと、気がついたからだ。

結局、ぼくは疑問をかかえたまま終業式を迎えることになった。

冬休みのあいだじゅう、藤谷のことは気になっていたものの、それでもぼくはまだのんきだった。三学期が始まればはっきりするだろう、と気長に考えていたのだ。その上、ごく平凡な家庭にさえイベントをもたらすクリスマスや正月に、藤谷一族はいったいどんなビッグ・イベントを迎えるのだろうと、うきうき期待までしていた。

ぼくはアホだった。

それも救いようのない最低のアホンダラだったと、ようやくそこのところに気がついたのは、正月あけの一月四日。塾の冬期講習のあと、友達とファーストフードの店で息ぬきをしていたときだった。

ぼくは中学の友達四人と一緒だった。ぼくとおなじ三年A組の石山と、C組の松田。それにE組の鈴木と岡沢。

鈴木と岡沢は藤谷のクラスメイトだが、もちろんぼくと彼女の関係を知らない。だから鈴木の口から突然、藤谷の名前が飛びだしたときには、ぎくっとした。

「藤谷がさあ」

と、鈴木はぼくではなく、岡沢にむかって言ったのだ。

「またなんか、卒業したら蛇遣いになるとか言いだしたらしいぜ」

蛇遣い？

意味がわからずに眉をよせたぼくの前で、岡沢はガハガハと爆笑した。

「嘘だよ、嘘。藤谷、あいつ嘘ばっかついてんもん」

「だよなあ」

「おれ、藤谷にトナカイ飼ってるって聞いたことある。真顔で言うもんな、あいつ」

「そうそう、めちゃうまいんだよ」

「藤谷って、あの藤谷りえ子だろ？」

C組の松田までが首をつっこんで、

「あいつ、虚言癖あんだよな。二年のときからそうだった。おれ、おなじクラスだったけど、あいつ、みんなに九人きょうだいの長女だとかって言ってたんだよ。でも、ひとりっ子なの。おふくろもいなくて、おやじとふたりきりだって。なんであんな嘘つくかねえ」

藤谷の話題はどんどんもりあがり、三人はつぎからつぎへと新ネタを披露しはじめて、ぼくはそのあいだじゅう、ぽかんと放心したようになっていた。頭の中は真っ白で、目の前は真っ黒。何がなんだかわからない。みんなの言う意味がのみこめない。両手が小刻みに震えているのに気がついても、ぼくにはそれを止めることさえできなかった。

「でもまあ、藤谷って妙に優しいとこもあるからなあ」

言いたい放題言ったあげく、最後には鈴木がふっと真顔になって話をしめくくった。

「あいつ、だれかが風邪ひいてたりすると、本気ですげえ心配するしさ。おれも結構、ノート借りたり、日直代わってもらったりしてたんだ。お人好しっつうか、だからきらわれずにすんでんだろうけどな」

もちろんこれは藤谷へのフォローなのだが、にもかかわらずぼくがもっともショックを受けたのは、このときだった。

ぼくだけに優しいんじゃなかったのか……。

と、思ったのである。


眠れない夜。

のろのろと地べたを這《は》うような時の流れ。

窓から、天井から、ベッドの下から、至るところから押しよせ、ぼくに重くのしかかってくる闇——。

その日、ぼくはひさしぶりに悶々《もんもん》とした夜を過ごすはめになった。

思いだす。あの全身がよじれるような苦しみを思いだす。だれもが寝静まった時間にただひとり、ベッドの上で妙に冴《さ》えきった頭をもてあましている孤独を、思いだす。

ひとりで過ごすにはあまりにも長すぎる夜。

いつ始まり、いつ終わるのかわからない、ずるずると区切りのない毎日の連続。

そんな中で、ぼくは藤谷と出会った。

おなじ夜をさまよう仲間を見つけた。

暗闇にひとすじの光が灯《とも》った。

たしかに、そのはずだった。

が、今ではその尊い光さえも見失い、ぼくはもう何を信じればいいのか、見当もつかない。


三学期最初の火曜日。覚悟を決めてのりこんでいったぼくを、放課後の旧校舎は以前とはまったくべつの顔で迎えてくれた。

趣のある古風な校舎は、もはや時代遅れの小汚い建物でしかなかった。校内に立ちこめる灰色の霧も、結局はちりとほこりの乱舞にすぎない。壁に刻まれた落書きだって、よく見ればえげつないことばかりが書かれている。

ついこのあいだまで、ぼくがこの上なく大事に思っていた世界。その何もかもが今では、この上なく、いまいましい。

ピアノの音色は聴こえてこなかったものの、そのいまいましさの源である元音楽室へ、ぼくは足早にむかっていった。

乱暴に戸を開く。アップライトのそばに人影はなかった。が、藤谷はいた。窓際の壁にもたれ、怪人二十面相でも迎えるような目つきで、戸口のぼくをじっと見すえていた。

……いや、どちらかというとそれは、明智《あけち》くんを迎える怪人二十面相の目つきだった。

自分の罪があばかれる、その瞬間を今か今かと待っている瞳《ひとみ》。

たぶんこのとき、藤谷も藤谷なりに覚悟を決めていたのだろう。今思えば前回、彼女の様子がおかしかったのだって、ぼくに正体がバレたと思いこんだせいだった。

ぼくはつかつかと藤谷の目前まで迫り、どなりつけたい気持ちをこらえて、問いかけた。

「きのうはちょっとでも眠れたか?」

藤谷は答えず、代わりに、くっと顔をゆがめた。

「眠れたか?」

ぼくがくりかえすと、弱々しい声で、

「あんまり。きのうはほんとに」

「じゃあ、その前は？」

「え……」

「ほんとのこと言えよ」

ぼくは声を荒らげた。

「ひとつだけでいいから、ほんとのこと言えよ。藤谷、おまえ、おれと最初に会ったとき、ほんとに不眠症だったのか？」

ぼくが知りたいのはそれだけだった。

ほかのことはどうでもいい。藤谷一家が架空の一家であろうと、藤谷一族が虚像の一族であろうと、そんなのぼくにはどうだっていい。ただあの夜を、ぼくらがともに耐えてきたはずのあの夜を、嘘だとは言わせたくなかった。

ぼくは祈るように返事を待った。

気まずそうに目をふせ、白い息ばかりを吐いていた藤谷の口から、やがて小さなつぶやきがもれた。

「よく眠れない日が続いていたのは、本当。だから気持ちはほんとにすごくわかって……」

「ほんとに二か月も続いてたのか？」

「に……」

ついに藤谷は白状した。

「二、三日……だったと思う」

「それは不眠症とは言わないっ」

そこに机か椅子でもあったら、ぼくはそれを蹴《け》とばすか、床に叩《たた》きつけるかしていたかもしれない。が、ぼくはアップライトひとつしかない空っぽの教室にいて、怒りはぜんぶ藤谷ひとりに集中した。

「藤谷、おまえおもしろかったか？　同病者とか言って、おれのこと喜ばせて、でも結局はだまして、おもしろかったか？　くだらねえ作り話ばっかして、そんなにおもしろかったか？」

藤谷の瞳にうるんだ涙にもかまわずに、ぼくは続けた。止まらなかった。

「藤谷、おまえの病気は不眠症じゃない、虚言症だっ」

大声でどなりつけた、そのときだ。

すっかり顔の色を失っていた藤谷が、ふいにキッとぼくをにらみかえした。

「自分だって……自分だってあたしの話、楽しんでたくせに」

「な……」

当たっていただけに、カッときた。

思わず拳《こぶし》をにぎりしめたぼくに、

「いいじゃない、嘘だっていいじゃないっ、みんなが楽しいならいいじゃないそれで」

藤谷はなおも涙声でまくしたてる。

「どうせほんとのことなんて言ったたって、ちっともおもしろくないんだから。パパとふたりだけの暮らしで、毎日、家に帰って夕ごはん作るだけ。その献立とか話したってしようがないでしょ。聞きたくないでしょ、そんな話。だったら楽しい嘘のほうがいいじゃない。嘘の中で生きてたほうがずっとずっといいじゃないっ」

言うだけ言うと、藤谷は小走りでぼくの脇をすりぬけ、教室を飛びだした。バシャンと、ぼくが開けたときよりもさらに乱暴に戸を叩きつけて。

追いかけることも、呼びもどすこともできなかった。突然の変調についていけないまぬけなピアニストのように、ぼくはぼうぜんと立ちつくした。

にぎりしめたままの拳がとほうにくれていた。

藤谷がいなければただの場所塞《ふさ》ぎにすぎないアップライトもふくめて、床も壁も天井も、教室じゅうのすべてが、とほうにくれていた。

そういえばおれも、藤谷にずっと嘘をついて、不眠症のふりをしてたんだっけなあ。と、ぼくがようやく我が身をふりかえったのは、それから二週間近くたってからのことだった。

嘘つき、という点ではぼくも同罪だ。それは認めよう。でもやっぱり許せない、と思った。藤谷の嘘とぼくの嘘とでは、ぜんぜんレベルがちがう。重ねた罪の量がちがいすぎる。ぼくを見つめる瞳や、優しい言葉の数々。そしてあのまぶしい笑顔。あれもこれもうすっぺらい嘘の産物だったのかと思うと、絶対に一生許すもんか！　と、再びはらわたが煮えくりかえってくるのだった。

ぼくは火曜日の放課後になってもあの教室へ足をむけなくなった。以前のぼくにもどって友達とぶらぶら家に帰った。新校舎の窓から見えるくすんだ旧校舎は、もはやぼくとは縁もゆかりもない世界になりはてていた。

ちょうどいいことに、高校受験が近づいていた。ぼくは勉強に集中することで、藤谷へのもやもやした思いをふりはらおうとした。再びモノトーンの日々が始まった。

考えてみれば、藤谷の嘘はぜんぶおれをはげますためや、楽しませるためのものだったよなあ。

と、ぼくの心がまた少しぐらついたのは、第一志望だった高校受験の数日前。帰りの校門で、藤谷とばったり出くわした日のことだった。

雪の降る夕暮れどき、その白い舞のむこうに藤谷の顔が現れたときは、どきっとした。藤谷もどきっとしたように足を止めた。ぼくらはひさしぶりに目を合せた。無言でじっと見つめあった。徐々に力がぬけていくように、藤谷の赤い傘が傾いていった。頭に、ほおに、冷たい雪がいくつもかぶさっていく。藤谷はそれを払おうともせずに、ただパチパチとまばたきばかりをくりかえした。なんだかもどかしくて、なんだか息苦しかった。ぼくは足下に目を落とし、キュッと積雪を踏みしめて、歩き去った。

ふしぎなことにあのけんか以来、藤谷は廊下ですれちがっても、赤の他人を演じなくなった。ぼくを目で追い、だいぶ離れてからそっとふりむいても、まだ追っている。逃げるように去っていくのは、いつもぼくのほうだった。

ぼくには自分がどうすべきなのかわからず、ただ去っていくだけしかできなかったわけだが、しかし腹の中には少なからず、「おれはまだ怒ってるんだぞ！」という態度を藤谷に見せつけたい思いがあったのもたしかだ。

そのくせ、あとから決まってそれを後悔する。あの態度はあまりにも冷たすぎたかな。もうちょっとゆっくり去っていけばよかった。などなど。

その後悔の重さに、しかしやがてぼくはまた腹を立てはじめるのだった。なんでおれがこんな思いをしなきゃいけないんだ。悪いのは藤谷のほうじゃないか。などなど。

ぼくはぼくなりに大変な日々を送っていたのである。

それでもまあやることはやっていて、第一志望の高校には、ぶじ合格した。

暦の上ではもう春。

刻々と、卒業の日が迫ってくる。

藤谷はいつも全力で嘘をついていた。あらんかぎりのパワーをぼくへ注ぎこむように、なんの得にもならない嘘を必死でふりまいていた。自分のための嘘は、ひとつもなかったんだよな。

卒業式の前日。ぼくの思いはついにそこまで行きつくのだが、だからといって仲直りしようとまでは思えなかった。そこまで行きつくのには邪魔物が多すぎた。意地とか、プライドとか、まだくすぶっている怒りだとか心の傷だとか、そんなすべてが輪になってマイムマイムでも踊るように、ぼくのまわりでわいわいと騒ぎたてるのだ。

ぼくの心が藤谷に動きそうになると、やつらはいっせいにマイムマイムとさけびながら寄ってきて、ぼくの行く手をさえぎろうとする。もう遅いよマイムマイム。彼女はきみをだましてたんだぜマイムマイム。彼女はだれにでも優しいんだよ、きみにも鈴木にも、たぶん近所のはげおやじにもマイムマイム——。

つまりぼくは、かなり混乱した危ない精神状態のまま、卒業のときを迎えることとなったのである。


とぼけた薄曇りの三月十四日。

この朝、ぼくの机にひそんでいた藤谷の「ごめんね」も、結局はぼくの混乱を深めるだけだった。

ごめんね、というのはつまり、さよなら、の意味なのか？

もしそうじゃないなら、なんで今さら？

ぼくはあれこれと想像をめぐらせ、この短い文面から何かを読みとろうとするのだが、もともと藤谷ほどあふれかえるような想像力を持ちあわせていないため、何もわからずにただただ思いが乱れ乱れていく。

そんなわけでこの日、学校の体育館で行われた三時間にも及ぶ卒業式のことを、ぼくはほとんどおぼえていない。校長の挨拶《あいさつ》も、ＰＴＡ役員の祝辞も、下級生たちの送る言葉も、卒業生代表の答辞も、あれだけたくさんの声が行ったり来たりしていたというのに、ぼくの記憶からはまるごとすっぽりぬけおちている。

おぼえているのは、卒業証書を受けとる藤谷の後ろ姿だけ。

遠く見えるその頼りない後ろ姿は、やや緊張ぎみに足下をながめながらゆっくりと、ゆっくりと壇上にあがり、校長にぺこりと会釈をした。卒業証書を両手で受けとり、一歩さがって、またぺこりと会釈をした。だれもがやる型通りの動作なのに、藤谷がやるとまた格別だよなあ、とぼくはうっかり見とれていた。

気持ちが妙に、あせってきた。何かやらなきゃいけないことがある気がして、こんなところで三時間もじっとしている場合じゃないような気がして、なのに具体的に自分が何をすればいいのかわからない。何かを思いつくたびに、何かがその邪魔をした。まわりの女子たちが鼻水をすすりはじめても、ぼくはうわの空でそれをながめているだけだった。

涙のピークは、卒業式のあと。自分たちのクラスへもどってから、担任が最後の説教を始めると、いつもならうんざり聞いているだれもが、うつむいて赤い目を隠そうとした。話が終わるなり、女子たちが盛大に泣きはじめた。最後の「さようなら」のあとの教室には、あちこちで抱きあって別れを惜しむ女子の姿や、それを「おおげさだあ」という目でながめながら、そのくせ自分もなかなか立ち去れずにいる男子たちの姿が残っていた。

これで最後、というだけで、何もかもすべてが見境なくもりあがる。なのにぼくには、どうしてもこの最後、というのがぴんと来ないのだった。

まだ何か残っている。大きな忘れものをしている。それはたしかだ。が、でもいったい何をどうやって取りもどせばいいのか……。

卒業証書の筒やら卒業アルバムやらをかかえて、ぼくは友達と教室をあとにした。昇降口にむかう途中の廊下で、気がつくとだれかの姿を目で捜していた。でもそのだれかは見つからないままに、下駄箱《げたばこ》で靴をはきかえ、校舎を離れた。もうはかないうわばきを持って帰るのはアホらしいから捨てていく、とだれかが言いだして焼却炉にうわばきを投げこみ、みんなが真似してぽいぽいやりはじめた。ぼくも片足ずつ、力をこめて投げこんだ。荷物がへれば少しは気持ちもすっきりすると思ったけど、そういう問題でもなかったみたいだ。

校庭には教室のそれよりもワイドな別れの感傷がうずまいていた。そこいらじゅうに群がる卒業生。少し離れて立ち話をしている和服姿の母親たち。人気のある教師は生徒たちに囲まれ、人気のある男子は下級生の女子たちに囲まれ、人気のないぼくらはその脇をすごすごと通りすぎていく。

ぼくはまだだれかを目で捜していたけど、やはりその姿は見当たらなかった。サッカーゴールの周辺では、三年E組の生徒たちが集まって写真を撮りあっている。しかしそこにも彼女の姿はない。どこにいるんだろう。

ぼくはなんとなく彼女の居所を知っている気がしたけど、ぼくだけがその場所を知っている気がしてならなかったけど、それでも足はみんなの流れに沿って校門へと近づいていく。

ぼくらはこれから高木という友達の家でひと騒ぎする予定で、だから母親には先に帰るようにと断ってあった。高木はこっそり父親のウイスキーをかすめとっていて、そいつでパーッと宴会しようぜ、などと陽気な声をあげている。ビールのほうがいいだの、ワインがいいだのと口々に言いながらみんなが校門をくぐりぬけ、ぼくも焼酎《しょうちゅう》がいいと笑いながらそのあとに続いた。いつか彼女とばったりでくわした校門。そのラインから一歩、ぼくの右足が出た。

とっさにその足を、引っこめた。

やっぱりだめだ。

「帰れない」

思わずぼくは声にしていた。

「えっ、なんだ?」

ふりかえるみんなに、

「ごめん、おれちょっと先生に話あるから、先行ってて」

大声で言うなり、ぼくはくるりとまわれ右をして、駆けだした。

もう何も目に入らなかった。卒業生の波も、涙の洪水も、すべてがただ吹きぬけていくだけの風になった。ぼくは全力で、つんのめるようにして校庭を駆けぬけていく。

昇降口の一角に荷物と靴を放りだした。靴下で校内に踏みこみ、連絡通路へとまっしぐらに急ぐ。立ちどまるのを恐れるようにぼくは走りつづけた。少しでもスピードをゆるめれば、またあのマイムマイムに捕まってしまう気がして、つるつると足がすべるのもかまわずにひた走った。

長い連絡通路をひと息に駆けぬけ、静まりかえった旧校舎へ飛びこんでいく。一段ぬかしに階段を駆けのぼる。呼吸が荒れて、横腹もうずきだす。それでも夢中で上階をめざした。上へ、上へ。四階のあの教室へ——。

三階の踊り場付近であの音楽が聴こえてきたとき、ぼくはふしぎとおどろきもせず、喜びもせずに無心でそれを受けとめていた。

〈ゴルドベルグ変奏曲〉

あのなつかしい音楽。

闇をすりぬける光のような旋律。

流れていたのはその序曲のアリア。この曲集の中ではもっともメロディアスな、彼女のお気に入りの曲だった。

彼女はやっぱりあそこにいる。

もう急ぐ必要はないと思いつつ、ぼくは最後のスパートをかけた。足に腕に、余力をすべて注ぎこみ、脇目もふらず廊下を駆けぬけると、倒れこむように元音楽室の戸に手をかけた。

開くと、鍵盤《けんばん》の上の手が止まり、藤谷がはっとぼくを見た。

目が合った瞬間、藤谷は泣きそうな顔をした。

「藤谷」

酸欠のせいか頭がぼわんとしていて、こむずかしいことは考えられない。ゼイゼイと息を切りながら、ぼくはよろけるように藤谷のもとへ急ぎ、アップライトの黒い胴体にもたれかかった。

「藤谷、頼みがあるんだけど」

「え?」

「ちょっと立ってくれる?」

藤谷は一瞬きょとんとして、それからゆっくりと椅子を引いて立ちあがった。

うるんだ瞳《ひとみ》で、なあに、と問いかけるようにぼくを見あげる。

ぼくはその肩を両手で引きよせた。

藤谷をぎごちなく、抱きしめた。

すべてを酸欠のせいにするのは卑怯《ひきょう》だが、藤谷の泣きそうな顔を見たとたん、ぼくはもうくらくらめまいがするくらい、この天下無敵の大嘘つきを抱きしめたくてしようがなくなってしまったのである。

力んでいた藤谷の体が、ぼくの腕の中で徐々にほぐれていくのがわかった。やわらかい、きゃしゃな体だった。冷えきった肌はひんやりしていた。ぼくは無性にキスしたいなあ、と思ったけど、それにはあまりにも息が乱れすぎていた。大人の男ならこんなとき、もっと余裕をもって歩いてくるにちがいない。

「藤谷」

「え」

「おれ、どうも気になってしようがないんだけど……」

やかましい鼓動をごまかすように、ぼくは言った。

「結局、じいさんの遺産の行方はどうなったんだ？」

ぼくの胸のあたりに額を当てたまま、藤谷はしばらく考えこみ、やがてぽつんとつぶやいた。

「ぶじ解決したの。二十人のきょうだいに、二十等分することになって」

「なるほど。その手があったか」

「もっと早くに気がつくべきだったんだけど」

「おやじをうらんでたOLはどうなった？」

「新しい彼ができて幸せになった」

「おふくろは愛人と手を切ったの？」

「うん、今はパパとうまくやってる」

「家出した妹は？」

「帰ってきた」

「グレて、眉毛剃《そ》った兄ちゃんは？」

「更生して、また眉毛も生えてきた」

「そうか」

　と、ぼくは言った。

「見事なハッピーエンドだなあ」

　藤谷はくいっとあごをあげ、間近でぼくをじっと見た。それからかすれた声で、ごめんね、と言った。

「ごめんね、あたしこの病気、治すから」

「うん」

「なんかもう癖っていうか、自然にいくらでもしゃべれちゃう自分が自分でもこわいんだけど」

「その特殊な才能は、もっとべつの使い道を考えたほうがいいぞ」

ぼくが笑うと、藤谷もくしゃっと笑った。

「藤谷」

「なあに、まだ質問？」

「きのうの夕飯の献立は？」

「……コロッケとマカロニサラダ。それから高菜の炒《いた》めもの」

「うまそうだな」

つぶやくなり、ぼくは藤谷に短いキスをした。


ふたりでアップライトをごしごし磨きあげたあと、ぼくと藤谷はそろって元音楽室をあとにした。ぼくらの時間を焼きつけたその教室を離れるとき、藤谷はちょっと涙ぐんだ。肩を並べて廊下を行きながら、ぼくはふと思いだして、ぼくの嘘を藤谷に白状した。ぼくの不眠症はもうとっくに治っていたことを告げ、ごめん、と謝った。

藤谷はとくにおどろかず、ただ涼しげに笑っていた。それが、もうとっくにお見通しよ、の笑顔なのか、あたしの足下にも及ばない嘘ね、の笑顔なのかはわからないが。

来るときは長く感じた廊下が、やけに短かった。ぼくらはじつにのんびりしたペースで歩いていたのに、すぐに階段まで行きついてしまった。

さらにペースをさげて、一段一段、じっくりと踏みしめながらおりていく。途中で藤谷が壁の落書きに目をむけ、いろんな思い出が眠ってる、とささやいた。なにげない一言だったのに、やけに胸に響いた。

どんなにのろのろ歩いても、いつかは出口にたどりついてしまう。

新校舎へ続く連絡通路の手前まで来たとき、ぼくらはどちらからともなく足を止め、もと来た旧校舎をふりかえっていた。

薄暗い校内。黒ずんだ壁。ひっそりと眠るような静けさ。

やはりそこには神秘の霧が立こめていて、ぼくはこの世界が本当に好きだったのだと改めて思う。藤谷とはまた会えるけど、ぼくがここに足を踏みいれることは、二度とない。

そうかぼくは卒業するんだ……と、初めて思った。

アーモンド入りチョコレートのワルツ

エリック・サティ〈童話音楽の献立表《メニュー》〉より

2／4拍子ではなく、4／4拍子でもなくて、メリーゴーラウンドみたいにぐるぐるとまわる3／4拍子のワルツが好きだ。

ワルツには翼が生えている。音符のひとつひとつが翼を持っている。それはまるで妖精《ようせい》のように宙を舞い、しゃらしゃらと踊りながらわたしにいくつものキスをする。

ワルツはわたしに教えてくれる。何を忘れて、何をおぼえていればいいのか。何もかもすべてをおぼえているわけにはいかない。楽しかったことをおぼえていなさい、とワルツは言う。大好きだった人たちのことをおぼえていなさい、とワルツはうたう。

数年前、わたしはまだ子供で、絵空事みたいに幸せだった。そこにはいつもワルツが流れていた。バタークッキーと紅茶の香り。そして大好きな人たちがいた。電車の切符を買わなくても、飛行機のチケットを取らなくても、自分の足で歩いていけるところに大好きな人たちがいた。

絹子先生。サティのおじさん。そして君絵。

手をつなぎ、足をぶつけあって、わたしたちは何度もワルツを踊った。みんなでぐるぐるまわりつづけた。

一番初めにステップを踏んだのはサティのおじさんだ。

真夏の入道雲みたいに大きくて、湖水のように深いグリーンの瞳《ひとみ》をしていたサティのおじさん。

すべては、彼の出現から始まった。


サティのおじさんが現れる前、わたしたちはいったいどんなふうにして木曜日の夜を過ごしていたのだろう。

わたしは？　君絵は？　絹子先生は？

絹子先生はいつもわたしと君絵の真ん中にいた。ひとりじめはできなくても、共有はできる。そんなピアノの先生だった。

裕福そうな家並みの広がる隣町の高級住宅街。その中でもひときわ華やかな、クリーム色の洋館で暮らしていた絹子先生は、そこの広間を教室にしてわたしたちを教えていた。

煉瓦《れんが》に囲まれた庭にはむずかしい名前の花がたくさん咲いていた。がっしりとした鉄の門にはつる草が絡みあい、触れたら魔法にかかってしまいそうな妖《あや》しさがあった。母の背中に隠れるようにして、わたしが初めてその門をくぐったのは、小学校に入学したばかりの春先のことだ。

ああ、やっぱり魔女がいた。

それが絹子先生の第一印象だった。顔はふつうのおばさんなのに、雰囲気がぜんぜんちがった。トップで無造作にたばねた長い髪。ひらひらの白いブラウスに、くるぶしまで隠れる濃紺のロングスカート。軽く手をふっただけで金粉が舞いあがりそうな、一種独特の身のこなし。

でもこの人はいい魔女だ、とわたしは思った。「長いおつきあいをしたいわね」と、そのよくしなりそうな桃色のてのひらをさしだされた瞬間、握手をかわすまでもなく、本当にぴぴっとわかったのだ。

この魔女はきっと、おもしろい。すごくすごくおもしろいぞ、と。

病的な人見知りだったわたしが、このときはなかなか絹子先生の手を放そうとしなかった。この魔女の魔法にかかりたいと思った。

残念ながら絹子先生は魔女ではなかったけど、かといってふつうの人間だったわけでもない。

その後、週に一度のペースでレッスンに通いはじめたわたしは、毎回毎回、何が飛びだすかわからないびっくり箱をのぞくような気持ちで、そろそろとつる草の門をくぐることになった。

「奈緒《なお》ちゃん。わたし、今日はちょっと変わったレッスンをしようと思うの」

花の刺繍《ししゅう》入りのクッションを抱きしめた絹子先生が、嬉々《きき》とした様子で待ちかまえていたことがある。

「奈緒ちゃんは音感はいいのだけど、手首の力が弱いのね。だから今日は手首を鍛える運動をしましょう」

そう告げるなり、わたしにクッションを投げつけて、

「さあ、奈緒ちゃんも力いっぱい投げかえして!」

絹子先生とわたしは広間でクッションを投げあって遊んだ。その反復運動こそが手首を鍛える恰好《かっこう》のトレーニング、ってことらしい。キャアキャアと甲高い声をあげて、わたしよりも無邪気にはしゃぎまくった絹子先生は、やがて疲れるとグランドピアノの椅子に腰かけ、ポロンポロンと鍵盤《けんばん》を弾《はじ》きはじめた。

「奈緒ちゃん、この曲、なんていうか知ってる?」

「知らない」

「〈さんざん投げられてかわいそうなクッションのための即興曲〉よ。ふふふ」

「……」

　絹子先生はそういう人だった。

　どうしてもピアノの練習をする気になれなかった日、わたしは指先にぐるぐると包帯を巻きつけて行ったことがある。

「怪我をしちゃって、ピアノが弾けません」

「あら、まあ」

　絹子先生は喜びを隠しきれない顔で言った。

「じゃあ、今日はレッスンの代わりに、宇宙人のお話をしましょう」

「え？」

　どういう意味かと思ったら、そのまんまだった。奈緒ちゃんは宇宙人って存在すると思う？　わたし、じつはUFOを見たことがあるのだけど、奈緒ちゃんは信じてくれるかしら？　三十分のレッスン時間中、絹子先生は延々と宇宙人について語りつづけたのだ。

　とことん、そういう人だった。

　あまり包帯ばかりを巻きつけて行っては不自然だから、わたしはちょっと手を変えて頭痛を訴えてみたこともある。

「あら、頭痛？　それは良くないわね」

良くないわね、良くないわね……とつぶやきながら絹子先生はどこかへ消えていき、もどって来たときには両手に大きなパネルを抱えていた。グランブルーの海の中、気持ち良さそうに体をくねらせているイルカの写真だ。

「奈緒ちゃん、じっとこれを見て」

わたしはじっとそれを見た。

「どう？」

「どうって？」

「イルカには人を癒《いや》す力があるのよ」

期待のまなざしを注がれ、わたしは返事にこまった。

「写真でも？」

「やっぱりだめかしら」

しゅんとなりながらも絹子先生はパネルのイルカに顔を寄せ、そのつぶらな瞳にキスをした。それからまたしてもピアノを弾きはじめた。

「奈緒ちゃん、この曲、知ってる？」

「……なんかの即興曲？」

「〈癒されなかった奈緒ちゃんの頭痛のための即興曲〉よ。ふふ」

どこまでもそういう人だった。

そうした絹子先生の奇行がどこから来ていたのかは、じきにうっすら見えてきた。わたしが小学校の高学年になったあたりから、絹子先生は宇宙人やイルカだけじゃなく、もっと根拠のある話もしてくれるようになったのだ。彼女も彼女なりに相手を見ていたのかもしれない。

「サティの音楽はきれいだわ。きれい、ってだけで何もかも帳消しにしてしまうぐらい」

そんな言葉を何度聞かされたことだろう。

ねんざや火傷《やけど》や腹痛や神経痛……で練習のできないわたしに、絹子先生が潑剌《はつらつ》と語りかけてくるのは、いつの日からかサティの話ばかりになっていた。

エリック・サティ。二十世紀前半に活躍したフランスの音楽家。そして、絹子先生の最愛の人。

世間では変わり者と言われ、実際、変わったことばかりやらかして逝ったその音楽家の音楽を、人生を、絹子先生は心から愛していた。

「世間がどんなふうに言おうとね、サティはとても純真な人だったと思うのよ。生まれたまんまの子供みたいにまっすぐな人。だからかしら、彼はとっても子供好きだったの。子供たちを集めてピアノを教えたり、一緒にピクニックへくりだしたり……。子供のための曲もたくさん作ったわ。ショパンやリストみたいに、練習曲って言いながらも高度なテクニックを要求するのではなくて、本当に子供のための楽しい曲を、たくさん。〈わんぱくもののいたずら小僧〉〈チューリップのかわいい王女のいうこと〉〈彼のジャムパンを失敬して食べる方法〉。ね、曲名を聞くだけでわくわくしちゃうでしょう？　だいたいほら、このサティの顔を見てちょうだい」

絹子先生にそう言われると、たとえそれが何十回目であろうと、ついついその分厚い本へ首を伸ばしてしまう。

『大音楽家の肖像と生涯』と題されたその本は、もう随分と年季の入ったもので、中のページは黄ばみ、紺色の布表紙もくすんでいた。なのに、そこにいるモノクロのサティはちっともくすんでいない。生まれて間もないころのようなぴかぴかの笑顔を見せている。

アイスクリームを前にした幼児みたいな瞳《ひとみ》の光線。とろりとした目じりのたらしかた。いさぎよくはげあがった額の下では、眉毛《まゆげ》がユーモラスな八の字を描いている。もじゃもじゃのひげに覆われた口は今にも大声でしゃべりだしそうだ。「メリー・クリスマス！」や「ハッピー・バースデー！」が似合いそうな口だった。

何ひとつ不自然なものがない、こんな笑顔を見せつけられたら、どんな頑固者だってにんまりと笑いかえしてしまうにちがいない。わたしと君絵は写真をのぞきこむたびに、ぷぷぷと笑いながらお互いのひじをつつきあった。

そう、そのころになるとすでにわたしと君絵は一緒にレッスンへ通う仲になっていたのだ。

わたしのレッスンは七時からで、君絵は七時半から。でも絹子先生はそんな区切りなど気にかけず、レッスンはいつも三人でたわむれるようにして行われた。

絹子先生とわたしと君絵。わたしたちはしょっちゅうサティについて語り、サティの写真をながめ、サティの音楽を聴き、ときには実際にサティの曲を弾いてみた。

サティとは関係のないレッスンをしているときでさえ、そこにはつねにサティがいた。グランドピアノの脇に。ソファの陰に。シャンデリアの上に。まるで陽気な亡霊みたいに。

だからかもしれない。

サティのおじさんが初めてあの広間に姿を現したとき、そこには数々の謎があったものの、ふしぎと違和感だけはなかったのだ。

絹子先生と出会って七回目の春だった。

すでに中学生になっていたわたしと君絵は、その日もそろってレッスンに顔を出し、わたしはソナチネに四苦八苦、君絵はソファで漫画を読んでいた。

漫画を読むのには君絵なりの理由がある。「今日はうたう気分じゃない」。君絵はいつもピアノなど弾かずに歌ばかりうたい、それにも飽きるとおかしを食べたりソファで寝転んだりしはじめる。漫画もよくあるパターンのひとつだったから、わたしも絹子先生もかまわずピアノに集中していた。

「そこはもう少し流れるように。つぎのスタッカートを効果的に弾ませて——」

絹子先生の声に被って、ふいに扉のきしむ音がしたのは、レッスンも半ばにさしかかったあたりだろうか。

ふんわりとよせてくるコロンの香り。ふりむくと、そこには見知らぬ外国人がいた。絹子先生の自宅と教室とを隔てる扉。わたしも君絵も踏みこんだことのないその未知の世界から、サティのおじさんは突然ぽっかりと現れたのだ。白い肌。緑の瞳。銅色の髪。まだ四月なのに半袖《はんそで》のシャツをてろんと着くずしていた。

鍵盤《けんばん》を叩《たた》く手は止まり、代わりにわたしは何度もまばたきをくりかえした。

だってサティに似ていた。頭はハゲていないし、ひげだってサティほどふさふさしていない。だけど似ていた。顔の輪郭や瞳の光りかたや今にも笑いだしそうな口もとが。

「ステファンよ、フランスから来たの」

絹子先生が言って、サティのおじさんに目配せをした。そっけない紹介とは裏腹の親しげなまなざしだった。さらにつぎの瞬間、絹子先生はぺらぺらと流暢《りゅうちょう》なフランス語をしゃべりだしたのだ。

絹子先生がかつて何年かパリにいたことは聞いていたものの、わたしはやっぱりおどろいた。フランス語という言葉自体の美しい響きにもおどろいていた。

話の内容はチンプンカンプンだったものの、「チンプンカンプン奈緒……」とか、「チンプンカンプン君絵……」とか言っていたところをみると、どうやら絹子先生はわたしたちの紹介をしていたらしい。

サティのおじさんはぎょろりとした視線をわたしにむけ、まじまじと見つめると、やがて「よし」とでも言うようにこくんとうなずいた。わたしが反射的にうなずきかえすと、今度は君絵をふりかえってこくんとうなずいた。ソファの背もたれから好奇心まるだしの顔をつきだしていた君絵は、どうやらこの新しい展開を気に入ったらしく、元気良くこくんこくんとうなずきかえした。

挨拶《あいさつ》を終えると、絹子先生は何事もなかったようにレッスンを再開した。

「じゃあ、つぎの章に進みましょう。ここはちょっと機械的なテンポなのだけど、安定したリズム感を養うにはいい練習なの。つねに一定のテンポを心がけて――」

十本の指をちょこまかと動かしながらも、わたしはすでにうわの空だった。暗譜していたので楽譜は見なくたって弾ける。代わりに横目でちらちらとサティのおじさんを追いかけていた。

サティのおじさんはお腹をすかせた熊のように、広間をのしのしとうろつきまわっていた。

レッスン用のステージから一段さがったところにあるその広間は、ピアノの発表会で六、七十脚のパイプ椅子を収容できるほどの奥行きがある。ふだんは待合室として使われ、中央にある卵形の巨大なテーブルを、深いローズ色のソファがコの字型に取り巻いていた。ふかふかとした絨毯《じゅうたん》はそのローズ色を水で溶いたようなコスモス色。窓辺に垂れるカーテンはやわらかなダークブラウンで、無色透明の花火みたいなシャンデリアが天井からそれらを照らしている。

ここはいつ来ても秋だなあ、と君絵の言うとおり、たしかにこの広間にはしっとりとした秋の気配があった。飾り棚にある小物のひとつひとつまでが。

サティのおじさんはそんなひとつひとつにも注意を怠らず、じっくり間近でながめまわすと、いちいちこくんとうなずいていた。しまいには何もかも納得しきったような様子でステージへ引きかえし、絹子先生の肩に手を当てて何やらささやいてから、再び扉のむこうへと立ち去っていった。

「絹子先生」

サティのおじさんの退場を待ちかまえていたように、君絵がソファから声をあげた。

「あの人、何者?」

「フランスから来たステファンよ」

絹子先生がさらりと応答する。

「それはさっき聞いた」

「おととい、フランスから来たステファンよ」

「……何しに来たの?」

「そうねえ、何しに来たのかしらねえ」

「なんでここにいるの?」

「おとといからここに住んでいるの」

「なんで?」

「さあ、どうしてかしら」

絹子先生は宇宙人やイルカやサティの話はしても、自分自身のプライベートな話はめったに口にしない。君絵はあきらめて再び漫画にむきなおったものの、絹子先生の答えに満足していないことは明らかだった。君絵はまだ肝心なところを訊《き》きだしていなかったのだ。

「あのおじさん、なんだと思う?」

その日の帰り道で、君絵が言った。

「おととい、フランスから来て、絹子先生の家に住んでるステファンでしょ」

絹子先生の話をわたしが要約すると、

「ばか。そうじゃなくって、絹子先生のなんなのかってことだよ。あのふたり、デキてんのかな」

「まさか。だって絹子先生って、うちのお母さんより年上だよ」

「関係ないじゃん、年なんか、絹子先生には」

「それはそうだけど」

たしかに絹子先生には年なんて関係なさそうだった。年を重ねているからこそ、の貫禄《かんろく》をともなううつやっぽさもあった。それに、いつもはアップにしている長い巻き毛を、今日に限って背中にたらしていたところも、怪しいといえば、すごく怪しい。

「でも……」

でも、わたしはそんなふうには思いたくなかった。

「でも、べつにただの友達かもしれないいじゃない。絹子先生、恋人だなんてぜんぜん言わなかったし」

「恋人だから言わなかったんだよ。友達だったら、言うって」

君絵にはへんに鋭いところがある。

「メルトモだったら？」

しかし、わたしは食いさがった。

「は？」

「もしメルトモだったら、なんとなく抵抗あって言わないかもしれないじゃない」

「なんでメルトモだと抵抗あるんだ？」

「だって、メルトモのステファンよ、なんて……」

「ひひひ」

「くくく」

「パソコンなんて開いたことないよ、絹子先生は」

結局、わたしたちの意見は一致を見ないまま、うちのマンションまでたどりついてしまった。

レッスンのあと、君絵はいつもなかなか家に帰りたがらず、十五分の道のりをむりやり三十分に引きのばしたり、コンビニで雑誌の立ち読みをしたりするのだけど、なぜだかその日はあっさりとわたしを解放してくれた。

「あのさ」

別れ際、がらにもなくはにかんだ顔で君絵が言った。

「あのおじさん、サティに似てたよな」

わたしはにっこりとうなずいた。とりあえずそこだけは意見が一致したのだ。

サティのおじさんはその後もレッスンに顔を出しつづけた。その言動はどんどん大胆なものとなり、レッスン中にいきなり「ブラボー!」と大声でさけんだり、アップライトのピアノで即興の伴奏をつけはじめたり、わたしの肩をぽんぽん叩《たた》きながらわけのわからないフランス語をまくしたてたり……で、中一のわたしの理解をとうにこえていた。

当然、それは教え子たちのあいだで問題になった。

えたいの知れない外国人がレッスンの邪魔をする。生徒の体をなれなれしく触る。絹子先生もまるで気にせず知らんぷりしている。などと非難の声が高まり、ひと月も経つと徐々に教え子の数が減りはじめた。もともと先生自体あのような人だから、ついていけずにやめていく生徒も少なくなかったものの、サティのおじさんによってさらに拍車がかかった感じだ。

月謝が格安、ってことで子供を通わせつづけていた親たちも、サティのおじさんのことはなんとかしてほしいと思っているようだった。

正直なところ、わたしも最初のうちはそう思っていたのだけど。

サティのおじさんの大げさな身ぶりや、ぎょろぎょろとしたまなざしに、わたしはなかなかなじめなかった。絹子先生と君絵とわたしとの居心地のいい関係をだいなしにされた気もした。もっと言うと、絹子先生を横どりされたようで、癪《しゃく》だったのだ。

が、そんなわだかまりはいつまでも持たなかった。

たぶん、サティのおじさんはわたしの胸のうちを察していたのだろう。かといって策を練ったりはせず、じつに単純なやりかたで、わたしの気持ちをやわらげてしまった。

五月のある日。レッスンを終えて帰ろうとしたわたしの前に、「ナァーオ」と、サティのおじさんが立ちはだかった。わたしを呼ぶとき、彼はいつも「ナァーオ」と鼻にかかった声を出す。

「はい？」

とまどうわたしに、サティのおじさんは言った。

「キライカスキカ？」

わたしの鼻先までぐぐっと顔を寄せ、にらめっこの真剣勝負でもするような調子で、このとき、サティのおじさんは初めて日本語を口にしたのだ。

きらいか好きか？

「何が？」

とっさに問いかえすと、サティのおじさんは人さし指で自分の鼻をへこませた。西洋人特有の高い鼻が一センチは縮んだ。

「えっと……、好き」

あんなに間近で訊かれたら、好きと答えるしかなかった。

あんなに間近で、あんなに真剣に、あんなに不安げに訊かれたら、好きにならずにはいられなかった。

そんなふうにして、ようやく心を開きはじめたわたしに比べると、君絵なんてすばやいものだった。君絵はらくらくと国境をこえ、言葉の壁ももとのもせずに、あっという間にサティのおじさんと意気投合してしまったのだ。

それにもやっぱりきっかけはあった。

サティのおじさんが出現して間もないころのこと。レッスン中、君絵はいつものようにグランドピアノの脇につっ立って、わたしの弾く練習曲にへんな歌詞をつけてうたっていた。「青空にはー、鳥がいるー、もどって来いよー、腹へったー」なんていう意味不明の歌ばかりだ。

そんな君絵をふしぎそうにながめていたサティのおじさんが、やがて素朴な疑問を投げかけた。

「――――？」

「あなたはなぜピアノを弾かずにうたうのか、ですって」

絹子先生の通訳を受けて、君絵はきっぱりと言いかえした。

「ノー、プロブレム」

「それ、英語だよ」

わたしが注意すると、今度は日本語になって、

「あたしは、ピアノよりうたうほうが好きだから、うたうんだ」

ぴんと胸を張って言ってのけた。

そのどうどうとした姿勢がサティのおじさんをいたく感動させたらしい。

「――――！　――――！　――――!!」

いくつもの感嘆詞をまきちらしながら、サティのおじさんは両腕を大きく広げて、その中に君絵をすっぽりくるみこんでしまった。

「日本にもこんな子がいるなんて思わなかった、ですって」

絹子先生がくすくす笑いながら解説をした。

恐らくそれは君絵にとって最上級のほめ言葉だったのだろう。君絵は耳たぶを赤らめながらも、サティのおじさんにむかってほこらしげにほほえんでみせた。

「ダンケ・シェーン」

それはドイツ語なのに。

サティのおじさんの言うとおり、君絵みたいな子は日本じゃちょっとめずらしかったかもしれない。よく言えば個性が強く、悪く言えばあくが強かった。

小学一年生のころから君絵は学校で目立っていた。性格がキッそうで凶暴そうで意地悪そう、な印象がきわだっていたのだ。実際、君絵は気にくわない男の子のパンツをおろして泣かせたり、気にくわない女の子の腕に噛《か》みついたり、気にくわない教科書をちぎって裏庭のうさぎに食べさせようとしたり、奇抜な行為で周囲をあっと言わせつづけていた。担任の先生にもなかなか名前をおぼえてもらえないわたしとは、まったく正反対の女の子だったと言える。

じゃあ、どうしてわたしたちは仲良くなったのか？

答えは簡単だった。絹子先生のおもしろさがわかる子が、わたしと君絵のほかにはいなかったから。

わたしの知るかぎり、絹子先生にピアノを習っていた教え子たちの中で、君絵ほど絹子先生を楽しんでいた子はいない。ほかの子たちが絹子先生を「へんな人」と決めつけて一線を引いてしまうところで、君絵はそうしなかった。わたしもそうしなかった。わたしたちは絹子先生のへんなところをあるがままに楽しむことができた。その一点では本当に気が合った。

そしてわたしたちはだんだんと、絹子先生だけでなく、そのとなりにぽっかりと出現したサティのおじさんのことも楽しむようになっていった。

ほかの子たちが彼を煙たがる中で、わたしと君絵がなついてきたのがうれしかったのか、サティのおじさんもわたしたちをかわいがってくれた。

わたしたちがレッスンに顔を出すたびに、すっとんきょうな歓声をあげてほおをこすりつけてくる。だれも頼んでいないのに、根気強くフランス語を教えようとしてくれる。どんなに短いフレーズでも、わたしたちが何か弾き（うたい）終えるたびに、いちいち身ぶり手ぶりで感想を示してくれる。

少しまちがえればありがた迷惑なことばかりだが、すれすれのところで絹子先生がうまくブレーキをかけていた。

それから、もうひとつ。サティのおじさんはわたしたちに最高のプレゼントを与えてくれた。

レッスンのあとの夢みたいな時間、だ。


サティのおじさん。

絹子先生。

君絵。

わたし。

四人の足どりがそろいはじめた六月。

いつしか背後には軽やかなワルツが流れていた。


レッスン終了後、シャンデリアのライトを消してフロアランプを灯《とも》らせる。

消えかけた夕焼け色の明かり。桃色と紫の連弾色。

サティのおじさんがピアノを奏でながらうたいだす。

自称、作曲家の彼はワルツしか作曲しない。甘く、たおやかで、どこか的のはずれたワルツ。陽気なのに物悲しい。翼を生やしすぎてつかみどころがない。そんなワルツ。

君絵も大声でうたいだす。フランス語と日本語の二重唱。わたしはその音楽に合わせて水草のように体を揺らす。

やがて、サティのおじさんは立ちあがり、うたいながら踊りながら進んでいく。広間へ。ソファへ。そこで紅茶をいれている絹子先生のもとへ。

彼はうやうやしく彼女に手をさしのべる。彼女は優雅に長い腕を持ちあげる。ふたりはワルツを踊りだす。

わたしと君絵も見よう見まねで踊りだす。彼の歌声に合わせて八本の足がステップを交える。パートナー・チェンジ。今度は彼と君絵が。彼女とわたしが。わたしと彼が。君絵と彼女が。ぐるぐるまわりながらわたしたちは踊る。フロアランプの明かりも踊る。紅茶の湯気も踊る。バタークッキーの香りも踊る。

どきどきする。わたしの目に映るすべてのものが白い光を帯びていく。つくりはじめの蚕の繭《まゆ》みたいに、うっすらとやわらかく、ふわふわした白い光。わたしたちはその中でただうたい、ただ踊る。どきどきする。彼のコロンのにおいにどきどきする。彼女のロングスカートが、花びらを散らすようにしてコスモス色の絨毯《じゅうたん》をなでる。そんな光景にどきどきする。

ふしぎな大人たちとのワルツ・タイムは、わたしをどこかべつの世界へ、べつの次元へと導いてくれた。学校の教室で大声をあげてはしゃぎあう、クラスメイトたちとの楽しみとはまったくべつものの何か、何か濃厚なときめきがそこにはあった。

しかし、そんな夜はいつまでも続かない。

今日はここまで。彼がパチンと両手を打ちならす。それが終了の合図。

再びシャンデリアが照らしだしたとき、彼はすでにいつもの顔、やんちゃな少年みたいにクッキーをほおばるサティのおじさんにもどっている。

つまらない。こんなに気持ちのいい夜を知ってしまったら、たいていのことはつまらない。

わたしと君絵はしぶしぶ広間をあとにする。何度も、何度も後ろ髪を引かれながら。

重たい扉へ手をかけて、一歩外の世界へと足を踏みだした瞬間、わたしは現実の味気ない景色に幻滅する。灰色のアスファルトに、やぼったい電信柱に、路上を行き交う人々の疲れた足どりに幻滅する。

世界はあの広間のように、きれいにふわふわと揺らめいているべきなのに。

至るところからワルツが流れ、だれもが優雅にステップを踏んでいるべきなのに――。

週に一度のワルツ・タイム。それは絹子先生がときどきこしらえるフルーツケーキの味によく似ていた。

口に入れた瞬間は、ただ甘い。何種類ものドライフルーツが舌の上で一気に絡みあう。それがのどの奥にとろけていったあと、ようやく余韻が広がっていく。ブランデーの余韻。体のどこかが熱くなり、わたしはそれが消えてしまわないうちに……と、二切れめのケーキに手を伸ばすことになる。これは、癖になる。

わたしは木曜日の夜にはまりこんでいった。

そして、君絵も。

広間をあとにしてからの帰り道でも、君絵は踊るように体を揺らしながら、ふんふん鼻《はな》唄《うた》をうたいつづけた。「もう帰ろうよ、恥ずかしいから」と、わたしが止めても、ちっとも耳を貸さずに気がすむまで町じゅうを徘徊《はいかい》していく。そんなふうにして遠まわりの距離はどんどん延びていった。

君絵の陽気なステップにばかり気を取られていたわたしは、その距離——あまりにも長すぎる遠まわりについて、何かを完全に見落としていた。

「絹子先生とサティのおじさん、結婚しないのかな」

ある日、君絵がぼそっとつぶやいた。

わざわざわたしから顔をそむけて言ったので、これは何かあるな、と、わたしは身がまえた。

「なんでよ、いきなり」

「だって、ふつうだったらもうとっくに結婚しててもいい年じゃん」

「でも、あのふたりはふつうじゃないでしょ」

「そりゃそうだけどさ」

君絵がぶつくさ言って地面をつま先でこづく。

学校での昼休み、わたしたちは中庭のベンチに腰かけていた。風はなく、太陽はまぶしすぎて、半袖《はんそで》のセーラー服からはみだした腕がじりじりと痛かった。本格的な夏が始まろうとしていた。

「結婚してなくても、あのふたり、やっぱりデキてるよな」

君絵が言った。

「それはまあ、ねえ」

わたしは否定しなかった。

二年前にお母さんが亡くなって以来、絹子先生はあの洋館でひとり暮らしをしていた。

そこにサティのおじさんがやって来て、ふたりで暮らしだしてからもう三か月になる。そのあいだ、サティのおじさんはひたすら広間に入りびたるばかりで、どこかで働いているようなそぶりはなかった。まるで陽気に笑い、騒ぎつづけることが自分の天職とでもいうように。

「でも、あのふたりが結婚しないんだったらさ……」

君絵はやけに結婚にこだわった。

「結婚しないとは限らないじゃない」

わたしが口をはさむと、

「最後まで聞け」

「はい、はい」

「あのふたりが結婚しないんだったら、あたしがサティのおじさんと結婚しちゃおうかなあ」

「ええっ」

わたしは最後まで聞いたことを後悔した。

「ちょっと君絵、やめてよ、何それ」

「だってあたし、リティのおじさん、好きだもん。本気の本気で好きなんだ」

怒ったような口ぶりで君絵が言う。

「そんな、でも……、でもサティのおじさんは絹子先生の恋人だよ。絹子先生のことが好きなんだよ」

「知ってるよ。あたしだって絹子先生のことが好きだ。たぶん、サティのおじさんより好きだ。でも、絹子先生は女だからあたしとは結婚できないじゃんか。だから、サティのおじさんと結婚する」

「は？」

いったいどういう理屈だろう。

仏頂面で空をにらむ君絵に、わたしはぽかんと目をやった。太陽も雲もいまいましい、何もかも吹きとばしてやりたい、って顔をしている。これが恋する乙女の顔だろうか？

「あのさ、君絵」

わたしはこわごわ訊《き》いてみた。

「サティのおじさんが好きなのはわかるけど、それって、その……、恋なの？」

うん、と君絵は自信たっぷりにうなずいて、

「恋だよ。だってあたし、あんなに気の合う人って会ったことないもん。なんていうかさ、感性が似てるんだよな、感性が。サティのおじさんとだったら結婚しても楽しくやれると

思う。いい家庭が築けると思うよ」

「でも、サティのおじさんは、もうおじさんだよ」

「年の差なんて関係ないっ」

そう言われても、わたしにはぜんぜん実感がわかなかった。十三歳の君絵が中年の外国人に恋をして、いい家庭を築こうとしているなんて。

「いいんだ。べつにあたし、奈緒に賛成してもらおうなんて思ってなかったから。ただちょっと言ってみただけ」

君絵が言って、かったるそうに腰を持ちあげる。

昼休みの終わりを告げるチャイムが鳴っていた。

「君絵。突拍子もないこと、しちゃダメだよ」

わたしは不安になった。君絵には何をしでかすかわからないところがある。

「どうせ結婚は、十六になるまで……」

「じゃあな。あたし、つぎ、プールだから」

わたしの忠告になど耳も貸さずに、君絵はさっさと昇降口をめざしていく。立ち入り禁止の芝の上をゆうゆうと駆けぬけていく君絵は、世間の常識なんて端《はな》っからおかまいなしで、そのへんがたしかにサティのおじさんとよく似ていた。

「芝に入るなっ」

通りかかった教師がどなり声をあげて、君絵はギャハハと大声で笑った。

君絵が突拍子もないことをしでかしたのは、それから三週間後のことだった。


「奈緒、電話よ」

八月の頭。夜の九時ごろだったと思う。部屋で夏休みの宿題をしていたわたしのもとへ、母が電話の子機を持ってきた。

「君絵ちゃんのお母さんから」

「お母さん？」

きょとんとふりむくと、母はいつになくけわしい顔をしている。

「君絵ちゃん、まだ家に帰ってないんですって。なんの連絡もないって……」

ああ、とわたしは額をノートに押しつけた。これだけでもう君絵が何をやらかしたのか見当がついてしまったのだ。

念のために子機を受けとると、受話器からはひどく混乱したおばさんの声が聞こえてくる。

今日の午後、ふらりと家を出たきり君絵がもどってこない。それ自体はよくあることだが、ついさっき君絵の部屋に入ってみたところ、机の上に置き手紙が残されていた。

『北のほうにいきます。さようなら』

　おばさんの話をまとめると、こうなる。でも、まとめるまでが一苦労だった。話し方が支離滅裂で、何を言っているのかわからないのだ。ろれつがまわっていない上、話があっちこっちに飛んだり、突然すすり泣きを始めたりする。もちろん君絵のことを心配していたのだろうけど、それだけじゃない気がした。

　もしかしたらおばさんは酔っていたのかもしれない。「うちのおふくろはキッチン・ドランカーなんだ」と、前に君絵が冗談っぽく言っていたのを思いだした。

放っておけばおばさんはいつまでもしゃべり続けそうだったけど、わたしは次第に気が急いてきた。

　心当たりを捜してみます、と受話器を置くなり、背後の母をふりかえって、

「絹子先生のところに行ってみる」

　わたしは早口でそう告げた。

「君絵ちゃん、絹了先生のお宅にいるの？」

「わかんないけど。でも君絵、あんまり友達いないし、それにあそこには……」

　あそこにはサティのおじさんもいる。

母はしばらく迷ってから言った。

「わかったわ。じゃあ気をつけて、自転車で行きなさい。絹子先生にはお母さんから電話しておくわ」

わたしはうなずいて、家を飛びだした。

じっとりとしめった風のない夜。その重く沈んだ空気をかきみだすようにして、わたしは懸命にペダルを漕《こ》いだ。自転車でわずか五分の道が、はてしなく長かった。そしてようやく絹子先生の家にたどりついたとき、わたしは玄関先で妙な気配を感じた。

何か聞こえてくる。

じっと耳をすますと、それは人の声だった。が、日本語じゃない。フランス語だ。だれかとだれかがフランス語で何やら言い争っている。あきらかに興奮しているその声は、絹子先生とサティのおじさんのものとしか考えられないけど、わたしにはそれが信じられなかった。あのふたりがけんかをするなんて。

しかし今はそれどころじゃない。わたしは汗ばんだ指でインターホンを押した。

「ああ、奈緒ちゃん。さっきお母さまからお電話いただいたわ」

数秒後、玄関の扉から絹子先生が顔をのぞかせた。白いシルクの室内着のせいか、化粧っ気のない素顔がひどく青ざめて見えた。

「とにかく、上がって」

「はい」

絹子先生のあとに続いて、わたしはせかせかと広間へむかった。

サティのおじさんはローズ色のソファに沈んでいた。まさに沈んでいる、といった感じのぐったりとした座り方。わたしと目が合うと、とぼけたしぐさでひょこんと肩をすくめてみせる。

君絵の姿はなかった。

「ここしかないと思ったのに」

わたしがつぶやくと、絹子先生も声を落として、

「ほかに心当たりはぜんぜん？」

少し考えてから、わたしはかぶりをふった。ぜんぜんない。その事実に胸が痛んだ。

地球は広い。なのに君絵みたいな子を受けいれてくれる場所は、めったにない。

「君絵はE組だから、もしかしたら同じクラスの子といるのかもしれないけど、でも君絵、わりとあのクラスで浮いてるの」

「あらどうして？」

「たぶん、変人っぽいから」

「…………」

わたしと絹子先生がとほうにくれて立ちつくした、そのとき。

何かを大声でわめきながら、サティのおじさんががばりと立ちあがった。

派手なレモン色のシャツをはおった彼は、まるで曲芸師のように大きく手をふりあげ、天井のシャンデリアを指さして、

「――――！」

飾り棚のティーセットを指さして、

「――――！」

グランドピアノを指さして、

「――――！」

そして満足げににんまりと笑う。

「ほかに捜すべき場所がないのなら、ここで君絵ちゃんを待ちましょう、って」

サティのおじさんとは正反対の、湿った声で絹子先生がいった。

「シャンデリアのライトを灯《とも》しなさい。あたたかい紅茶をいれて、愉快な音楽を流しなさい。そうすればやがて彼女はここに来るだろう……」

その斬新《ざんしん》なアイディアを伝える絹子先生は、いつになく厳しい目をしていた。たぶん、

あのことを知っていたのだろう。

あのこと。

これはあとから君絵に聞いた話だが、君絵はこの日の夕方、サティのおじさんに会いに行き、そして駆け落ちに誘っていたのだという。お互いに片言の英語で話しあった結果、「ノー・サンキュー」と断られたらしい。本当に英語が通じていたのか怪しいものだけど。だけど、もし君絵の気持ちがきちんと伝わっていたとするなら、君絵を捜さずにおびきよせようとするサティのおじさんのやり方は、優しいんだか冷たいんだか、わたしにはよくわからない。とても彼らしいやり方だ、とは思うけれど。

わたしたちは結局、サティのおじさんの言うとおり、シャンデリアを光らせ紅茶の湯気をあげて、君絵を待つことにした。それ以外には何も思いつかなかったし、何はともあれ、サティのおじさんの提案にはたしかに人の心を明るくするものがあった。

ふけていく夜の中、君絵が現れる直前まで、サティのおじさんは雨ごいのようにピアノを弾きつづけた。

ノクターンやセレナーデが似合う夜。

それでも彼はワルツしか弾かない。

もちろんだれも踊らなかった。

絹子先生はソファの上で固く口を閉ざし、思いにふけっていた。ふだんは目立たないしわが、やけにくっきりと見えた。

わたしは広間の入り口でひざを抱え、じっと玄関の扉をにらんでいた。ときどき家に電話を入れにいくほかは、身動きもせずににらみつづけた。

十時半。その扉のむこうでようやく君絵の気配がしたとき、わたしはむかむかするほどほっとして、絹子先生は涙ぐんだ。

そしてサティのおじさんは？

すいか割りでぱかりとやられたすいかみたいに、ぱっと顔中を赤くすると、ピアノの椅子によじのぼって、「ブラボー！」と拍手を打ちならしたのだった。


君絵はプライドの高い女の子だった。自分の弱いところをけっして他人に見せようとしない。わたしにすら見せてくれない。

だけどあの夜だけはちがった。

ばつの悪そうな顔で広間に入って来た君絵は、「なんであんたがいる？」とでも言いたげな目をわたしにむけてから、そのまま一直線に絹子先生のもとにむかい、そのすべすべしたシルクの胸もとに顔をうずめた。君絵にしては、あまりにも素直な甘え方だった。あまりにも頼りない後ろ姿だった。

「奈緒ちゃん。もうだいじょうぶだから、そろそろおうちにもどって。お母さん、きっと心配なさってるわ」

絹子先生が君絵の背中をさすりながら言った。

その言葉にうなずいて外に出たものの、わたしはつる草の門のあたりから離れられずにいた。落ちつかない気分でうろうろしていると、やがてカチャリと音がして、玄関の扉が開かれた。サティのおじさんが大きな体を揺すりながらやってくる。

「追いだされたの？」

わたしが訊《き》くと、その意味が通じたのか両手を盛大に広げて、

「ンダンダ」

彼がおぼえた数少ない日本語のひとつだった。

邪魔者の消えた広間で、このとき、絹子先生と君絵が何を話していたのかは知らされていない。でも十数分後、絹子先生と一緒に現れた君絵は、いつもの強気で小生意気な女の子にもどっていた。

「あら奈緒ちゃん、待ってたの？」

「ひまなやつ」

絹子先生と君絵が同時に口を開いた。

「あんた、北のほうってなんなのよ、あれ」

わたしがにらみつけると、

「夜汽車に乗って日本海に行くつもりだったんだ」

君絵は得意げに言いながらわたしのわきをすりぬけていく。挫折《ざせつ》したくせに。

「待って、送るから」

絹子先生があとを追い、わたしもついていくと言いはったものの、君絵はそのどちらも強く拒んだ。

「あたしは家に帰る。帰るって言ったら、帰るんだ。ついてくんな」

わたしたちをふりかえってどなるなり、ダダダ……とすごい勢いで暗闇のむこうへ走り去っていく。チビでなで肩のくせに、君絵はいつも大股《おおまた》で歩き、何かを切りさくようにして走るのだ。

「何もしてあげられないのがつらいわね」

君絵の後ろ姿を見送りながら絹子先生がつぶやいた。

「ん」

わたしが小さくうなずいて、

「ンダンダ」

サティのおじさんが大きくうなずいた。

わたしには絹子先生の言う意味がわからなかったけど、サティのおじさんよりはわかっていたと思う。

考えてみれば、思いあたるふしはいろいろとあったのだ。

レッスンのあと、いつもなかなか家に帰りたがらず、無意味な遠まわりにわたしをつきあわせていた君絵。サティのおじさんといい家庭を築きたがっていた君絵。そして、受話器から聞こえてきたおばさんの声――。

ほんのりと青い月明かりの下で、わたしは急にうすら寒いような気持ちになった。

日本海はもっと寒いのだろうか、とぼんやり思った。


あんなことがあったにもかかわらず、君絵とサティのおじさんはその後も二匹の子猫みたいにじゃれあって遊んでいた。

あのころ、君絵の家庭や心の中がどうなっていたのかはわからないけど、君絵はもう二度と日本海をめざしたりしなかったし、サティのおじさんと結婚したい、なんて発言もしなくなった。代わりに、

「つまりさ、あたしとサティのおじさんは同志なんだ」

得意げにあごをつきだして君絵は言う。

「恋人だとか夫婦だとか、そんなちゃちなもんじゃなくて、もっと深いきずなで結ばれてるんだ」

たしかに君絵とサティのおじさんのあいだには、わたしにはちょっと理解できない何かがあった。君絵は日本語、サティのおじさんはフランス語で、お互いに勝手にしゃべりあいながらも、なぜだかふたりは通じあっていた。ジェスチャーだけであんなにわかりあえるふたりを初めて見た。

君絵の一件を境にして、何かがはっきり変わってしまったとするなら、それは君絵とサティのおじさんの関係ではなく、絹子先生とサティのおじさんのほうかもしれない。

あの夜、君絵を心配する絹子先生の瞳《ひとみ》に浮かんでいた暗い影は、その後も彼女につきまとって、離れなかった。絹子先生がサティのおじさんに語りかけるとき、あんなにもなまめかしく響いていたフランス語さえ、今ではときどき妙に陰鬱《いんうつ》な言葉に聞こえてしまう。サティのおじさんはそんな彼女のぶんまで陽気にふるまって、もりあげようとして、それでもだめだと、ふらふらと君絵のところへ逃げていく。君絵とふたりで手を叩《たた》き、足を踏みならしてのモンスターごっこ。絹子先生は次第に苦笑すらしなくなった。

何かが変わってしまった。

レッスンのあと、わたしたちはあいかわらずワルツを楽しんでいたけど、そんなときでさえ、わたしはふと考えてしまうのだ。もともと、こんなふうにわたしたちが遊んでいられるのだって、八時以降にレッスンを受けていた教え子がふたりもいっぺんにやめてしまったからなのだ、と。

絹子先生は何も言わなかったけど、生徒の数は確実に減りつづけていた。あることないこと尾ひれがついて、サティのおじさんの評判もさらに悪化した。

「奈緒、ちょっといい？」

ある夜、レッスンから帰ったわたしに、母が改まった口調で切りだした。

「あなた、絹子先生のところにいるあのフランスの人に、何かされたことある？」

「何かって？」

「今日、まゆみちゃんのお母さんから電話があってね。まゆみちゃん、この前のレッスンでその人にほっぺをつねられたんですって。それでもうあそこには行きたくないって、ごねてるらしいの」

「そんな……。サティのおじさんはそんなことしないよ」

わたしはむきになって言いかえした。

「お母さん、そんな話、信じてるの？　お母さんまでそんなの信じるの？」

「うのみにしてるわけじゃないのよ。たぶんね、軽くほっぺをついたくらいのことだと思うんだけど……。絹子先生と一緒にいる人ですもの、悪い人じゃないのはわかってるわ」

絹子先生に対する母の信頼は絶大だった。自分ではおぼえていないけど、絹子先生のレッスンに通いはじめる前、わたしはひどく無口でひっこみじあんの園児だったという。なのに絹子先生にはすぐに打ちとけて、それをきっかけに少しずつ活発になっていった。母はその恩を忘れなかった。

「ただね、まゆみちゃんのお母さんの話を聞いてると、本当にこのままでだいじょうぶなのかしらって不安になるのよ。このままじゃ絹子先生のほうが参っちゃうんじゃないかしら」

「どういう意味？」

「まだあそこに子供を通わせてるお母さんがたもね、大半の人がべつの教室を探してるらしいの。あのフランス人がいつまでもいる気なら、って。このままいくと生徒なんてひとりもいなくなっちゃうわ」

「あたしはいなくならないよ。君絵も」

それだけで充分じゃないか、とわたしは思った。

「どうせ絹子先生、お金持ちなんだから、生徒なんか減ったってこまらないでしょ。やめたい子は勝手にやめちゃえばいいんじゃないの？」

「そういう問題じゃないのよ」

母はぴしゃりと返した。

「生きていくのにこまらない財産があっても、それだけで人が生きていけるとはかぎらないでしょう。とくに絹子先生のような方は、ね。お母さん、絹子先生は今のお仕事を大事にされてると思うわ。教え子のひとりひとりを大事にしながら、逆にどこかで、そのひとりひとりに支えられている。そんな方だと思ってるわよ」

わたしはうつむいてだまりこんだ。

母の言う意味のぜんぶはわからなくても、絹子先生が教え子のひとりひとりを大事にしている、という一点は疑う余地がなかった。

だって、私自身が大事に大事にされてきたのだから。

秋。つる草の門が見事に紅葉し、赤々と燃える『炎の門』に変身した。

秋はわたしの大好きな季節だった。わたしがずっと小さいころから、絹子先生は秋がめぐりくるたびに、どこからか落ち葉を集めてきて、それをグランドピアノの下に敷きつめるのだ。

紅や黄、橙色《だいだいいろ》の葉っぱに囲まれて奏でるピアノ。

木枯らしのようなドレミファソラシド。

その浮き世ばなれした情景は、鼻ぺちゃでやせぎすでぜんぜん冴《さ》えない女の子だったわたしを、何か特別な存在にしたてあげてくれた。絵本の中の少女や、おとぎ話のお姫さまや、とにかく何か特別な存在に、その時間だけは。

けれどもその年の秋はちがった。

絹子先生は落ち葉のことを忘れていたのか、忘れたふりをしていたのか。グランドピアノの下のステージにはいつまでも夏が居座ったままだった。

その代わり、とでもいうように、サティのおじさんが突然「もみじを見に行こう」と言いだしたのは、十月最初の木曜日。もうレッスンも終わりかけていたときのことだ。

その日のわたしはめずらしくまじめにレッスンを受けていた。十二月の発表会に備えて、サティの〈金の粉〉を練習していたのだ。

〈金の粉〉はとても気分のいいワルツだった。あんまり立てつづけに聴いていると、船酔いのようにかえって気分が悪くなるくらい、内側から完璧《かんぺき》に人を揺らしてくれる。わたしのたどたどしい演奏じゃさほどの効果はなかったはずだが、その曲に合わせてハミングしているうちに、なぜだかサティのおじさんは気がたかぶってきたらしい。

こんなに涼しい秋の夜に、家の中に閉じこもっているなんて罪なことだ。さあ、どこかへくりだそう。そうだ、ここはひとつ日本のもみじでも見に行こうではないか。

というようなことを早口でまくしたてはじめた。

絹子先生は途中からあきれて通訳しなくなったから、その後の話し合いがどんなふうに進行したのかはわからないけど、ふたりの顔色を見ていればだいたいの見当はつく。ふたりは確実に険悪な方向へとむかいつつあった。

こんな時間にもみじを見に行ったら、帰りはいつになるかわからない。第一、もみじなんてどこにある？

そんな理由からだろうが、絹子先生はサティのおじさんの提案を却下したのだ。

あれだけ野放しにしていたサティのおじさんに、彼女がはっきり「ノン」と言ったのはそれが初めてだった。

サティのおじさんは小さな男の子みたいにすねてしまった。心なしかうっすらと涙目になって、絹子先生をにらんでいる。わたしまでが「よし、よし」となぐさめてあげたくなるようなしょぼくれかた。それでも絹子先生は「ノン」と言いつづけ、とうとうサティのおじさんは怒って家を飛びだしてしまった。しかもひとりで行くのではなく、君絵の手をにぎりしめて出ていったのだ。

「駆け落ちしちゃった」

いきなりシンとなった室内で、わたしはぽかんとつぶやいた。

「どちらかというと誘拐ね、あれは」

絹子先生ものほほんと言った。

なんとなく顔を見合わせて笑ってしまう。

「どうせそのへんでアイスクリームでも食べて帰ってくるわ。奈緒ちゃん、どうする？」

「待ってる」

「じゃあ、お茶でもしてましょうか」

「うんっ」

十数分後、広間のテーブルにはあたたかい紅茶と、絹子先生お手製のマフィンが並んでいた。プレーンな味のさっくりしたマフィン。そのやわらかい表面につやつやのラズベリージャムをつけて食べながら、わたしは内心、サティのおじさんと君絵の駆け落ちに感謝していた。ひさしぶりに絹子先生とふたりきりになれてうれしかったのだ。

絹子先生のとなりにぴたっと腰かけて、わたしはぺらぺらとよくしゃべった。妹がもらってきたグッピーの話。クリスマスにむけて母が作っているリースのこと。クラスメイトの男の子に教えてもらった草笛の吹き方。そんなたわいない話にも、絹子先生は静かに耳をかたむけて、ときどき「ふふふ」とほほえんでくれる。この笑顔のためならいくらでもしゃべろうと思った。

しかしわたしは、しゃべりすぎた。

「なんだか今日はすっごい静か。あのふたりがいないだけで、海の中にいるみたい」

広間をくるりと見まわしながら、わたしがふとそんな感想をもらしたときだ。

絹子先生の顔から「ふふふ」の笑みが消えて、代わりにあの暗い瞳《ひとみ》がもどって来てしまった。

「奈緒ちゃん」

絹子先生は急にかしこまった調子でわたしにむきなおると、

「ごめんなさいね、いろいろと」

「え、なんで？」

「彼が来てから、いろいろなことが変わってしまったことはわかってるの」

絹子先生が言って、すまなそうに目をふせた。声のトーンは短調へと転じていた。

「君絵ちゃんにとっては、それはうれしい変わり方だったかもしれない。わたしだってうれしいのよ、彼がいるだけで君絵ちゃんがあんなにのびのびしていて。でも奈緒ちゃんは……、奈緒ちゃんにとっては、どうだったのかしらね。あまりにも突然に、あまりにもにぎやかになってしまって……」

「良かったんだよ」

わたしはあわてて言いかえした。

「あたしだって、サティのおじさんが来て、良かったんだよ」

「そう？」

「うん。だってあたし、サティのおじさんが来てから楽しくなったもん。レッスンだって、ワルツの時間だって、すごく楽しいよ。なんかいやなことがあっても、サティのおじさんといるとすぐに忘れちゃう。あたしまで元気になって、ふわふわして、いろんなものが明るく見えてくるの。ただ……」

ただわたしは、そんなサティのおじさんの陰に隠れて、みるみるおとなしくなっていく絹子先生がさびしいだけだった。落ち葉のないステージがさびしいだけだった。

それから、もうひとつ。

「絹子先生。教室の子がどんどんやめてるって、ほんと？」

この際だから、わたしは思いきって訊《き》いてみた。

「本当よ」

絹子先生は隠そうとしなかった。

「でも、それはべつに彼のせいじゃないの。わたしがもっといいレッスンをしていれば、こんなことにはならなかったでしょうし。それに……」

やや迷ってから、絹子先生は続けた。

「それに、彼がああいう人だと知っていて、ここに招いたのはわたしですもの」

「え、そうなの？」

わたしはてっきりサティのおじさんのほうが押しかけて来たのかと思っていた。

「そうよ、わたしが彼を招いたの」

「ふうん」

今いちぴんとこないわたしに、絹子先生は再び「ふふふ」とほほえみかけた。

「ねえ奈緒ちゃん、わたしだって奈緒ちゃんと一緒よ。彼がいるだけでいろいろなものが明るいのよ」

そのときの夢見るような絹子先生の瞳は、以前よくサティについて語っていたときのそれと同じで、だからわたしは信じようと思った。最近の絹子先生とサティのおじさんの仲がどんなにきわどくても、今はこの瞳を信じていたい、と。

「でもありがとう、奈緒ちゃん。そんなことまで心配してくれて」

ほっとしてふたつ目のマフィンに手を伸ばしたわたしに、絹子先生はおっとりとささやきかけた。

「奈緒ちゃんといると、なんだか気持ちがやすらぐわ。こう、あたりの空気がすうっと透きとおっていくみたいで。奈緒ちゃんには昔からそういう力があったわね」

「力？」

「そう。奈緒ちゃんはとてもやわらかくて、自然なの。どこにもよけいな力が入っていない。それがあなたの力ね」

「わからない」

わたしには本当にわからなかった。

だって、わたしには何もない。絹子先生やサティのおじさんや君絵みたいな個性がない。そのことでひそかにコンプレックスを抱いていたのだ。

「今はまだわからないかもしれない。でもおぼえていてね」

おぼえていてね、と力をこめて絹子先生は言った。

「たとえばワルツを踊るとき、わたしも彼も君絵ちゃんも、体のどこかに極端に力が入っているの。楽しく自由に踊っているつもりでも、どこかかたよっているのよ。でも奈緒ちゃんはちがう。あなたのワルツはとても自然で、のびやかで。すてきだわ」

下手くそなワルツをほめられたわたしは顔をほてらせてうつむいた。

そのときだ。玄関のほうからドドドド……といのししが突進してきた、ような足音が迫ってきた。

サティのおじさんと君絵が駆けっこをしながらもどってきたのだ。どうしてふつうにもどってこられないのだろう。

「ずいぶん早かったね」

もう少し絹子先生にほめられていたい気分だったわたしは、ちょっといやみっぽくふたりを迎えた。

「だって早くしないと、アイス溶けちゃうから」

ハアハア息を吐きながら、君絵が大きな紙袋をさしだした。中をのぞくと、十二色のクレパスみたいにカラフルなアイスキャンデーが、実際に十二本も入っている。

「なんでこんなに買ったの？」

「知んない。きれいだからじゃないの？」

君絵が言って、サティのおじさんに目をやった。

駆けっこで君絵に勝ったのがよほどうれしいのか、サティのおじさんは満面の笑顔で、まだ広間をドタドタと跳ねまわっている。こんなに短時間で、こんなにけろっと機嫌を直せる人もめずらしい。これじゃだれも彼を憎めない。

ひと暴れしてくたびれると、サティのおじさんはわたしの手から紙袋をひったくり、まっすぐに絹子先生のもとへと歩みよっていった。

十二色のアイスキャンデー。

一番初めに、一番好きな色を選んだのは絹子先生だった。

しかし、大人というのはわからない。

あの夜、アイスキャンデーひとつでころっと仲直りした絹子先生とサティのおじさんが、その後もうまくいっていたのかというと、そんなことはぜんぜんなかったのだ。

ふたりの仲はあいかわらずぎくしゃくしていた。

しっくりこない。キーがそろわない。

わたしと君絵はそんなふたりのあいだで落ちつかない日々を過ごしていた。

「奈緒、覚悟を決めとけよ」

君絵は何度もわたしに言った。

「覚悟を決めとけば、どんなにひどいことがあっても、そんなにショックを受けずにすむんだ」

「ひどいことって？」

「そんなの自分で考えろ」

わたしは考えた。

ひどいこと。当時のわたしにとってもっともひどい……と思われるのは、あの木曜日の夜を失ってしまうことだった。

週に一度の華やいだ夜。わずか三十分のワルツ・タイム。わたしはそれを本当に楽しみにしていたのだ。どことどこが入れかわっても大差のないような、代わりばえのない月火水金土日の中で、木曜日だけがいつもぴかぴかに輝いていた。

そしてその光の中心には、いつも絹子先生とサティのおじさんがいる、はずだった。サティのおじさんはあのつきぬけた明るさで広間を照らし、絹子先生は「ふふふ」と少女のようにほほえんでいる、はずだった。

世界は、そうあるべきだったのに――。

しかし実際、世界はすでに「そうあるべき姿」を失っていて、せっかくの木曜日なのに、絹子先生は踊らずにながめているだけの夜が増えていたのだけど。

絹子先生とサティのおじさん。

危ういところで足踏みをしていたふたりが、ついに致命的なけんかをやらかしたのは、アイスキャンデーの夜から三週間後のことだった。

もともと、あの日はみんながちょっとずつおかしかったのだと思う。窓の外でひゅらひゅらと吹きあれる北風が、わたしたちの調子までも乱していく。そんな冷たい夜だった。

サティのおじさんはかりかりした様子で広間をうろつきまわり、絹子先生はぼうっと考えごとをしていて、わたしはソファで君絵から借りた漫画をめくっていた。中間テストの結果に絶望し、鍵盤《けんばん》を叩《たた》く気力もなかったのだ。

わたしの代わりにレッスンをうけていたのは君絵だった。

「なんだかあたし、今日はやる気だ。ピアノだってなんだって弾いてやる」

なぜそんな日に限ってやる気になるのか、わたしには君絵の脳細胞がよくわからない。でもとにかく君絵は何年かぶりにピアノの椅子に腰かけ、どんよりした空気をますます逆なでするような音を響かせていた。

すでにバイエルで挫折《ざせつ》していた君絵の教本は、絹子先生が特別に用意した〈愉快にランランラン〉という小曲集。すらっと簡単に入りこめ、飽きないうちに弾きおわるような曲ばかりがつまっている。

君絵は五曲目のメヌエットに挑戦していた。しかしあまりにもテンポがでたらめで、右手と左手もちぐはぐだから、

「君絵ちゃん、まずは右手だけ練習してみない？」

絹子先生がそう提案し、めったに使わないメトロノームを持って来たのだ。

「ね、この音に合わせて、最初からゆっくり弾いてみましょう」

メトロノームの針がカチカチとリズムを刻みはじめた。

その機械的な音がサティのおじさんの気にさわったらしい。

彼は肩を怒らせてステージへむかい、絹子先生にむかって不満げな声を発した。

「――――？」

「――――」

絹子先生が首を横にふりながら何やら言いかえす。最初のうちはそれでも抑え気味にやりあっていたふたりも、徐々に激してきて声高になり、

「――――！」

「――――！」

ついには、ののしるような口調になっていった。

「────!　────!!」

「────!!　────!?」

こんな縦線ばかりじゃなんなのかわからないだろうけど、わたしだって何がなんだかわからなかったのだ。が、興奮するといつもそうなるように、顔を真っ赤にしたサティのおじさんが絹子先生とメトロノームを交互ににらんでいたところをみると、やはりけんかの原因はメトロノームにあるらしい。

「────!　────!!　────!?」

「────!?　────!　────!!」

少なくとも十分は続いたこのけんかの、一番の犠牲者は君絵だった。ピアノの椅子に腰かけたまま、両脇からふたりの怒声にはさまれて、逃げだすこともできずに小さくなっている。

やがてサティのおじさんが、そんな君絵に追いうちをかけるような真似をやってのけた。絹子先生じゃらちがあかない、とばかりに君絵へ視線を移した彼は、さっきまでとは打ってかわった猫なで声で、

「キライカスキカ?」

いつかわたしにしたのと同じ質問を投げかけたのだ。

「けんかはきらいだ」

君絵がぶすっと言いかえす。

サティのおじさんは「ノン、ノン」と銅色の髪を揺さぶって、メトロノームを指さした。

「キライカスキカ？」

その質問の意図するところを悟るなり、君絵はとたんにおろおろと視線を泳がせはじめた。サティのおじさんと絹子先生の板ばさみになって、きっとすごいプレッシャーだったと思う。

しかし、君絵は正直な答えのほうを選んだ。

「あんまり好きじゃない」

サティのおじさんは勝ちほこったようにニカッと笑った。そしてピアノの上のメトロノームを両手でつかみあげると、笑顔のまま、それを思いきり床に叩きつけたのだ。

プラスチックの胴体がガチャンと悲鳴をあげた。中で何かが砕ける音がした。針は止まり、カチカチも止まった。

広間は音をなくして静まりかえった。

絹子先生は小さなうめき声をあげてメトロノームの脇にかがみこんだきり、そのまま動きだせずにいた。サティのおじさんはそんな彼女にけわしい瞳をむけていた。わたしは漫画を放りだし、ステージへつかつか歩みよると、サティのおじさんと絹子先生の両方に「ばかっ」とさけんでから、君絵の肩に手を当てた。

君絵は泣いていたのだ。

「あたしがピアノを弾くと、必ず災いが起こる」

その夜。鼻までかぶさったふとんの下から、君絵がくぐもった声を出した。

「災い？」

何よそれ、とわたしが眉《まゆ》をよせると、

「ピアノ習いだしたばっかのころはさ、あたしだってたまには家で練習してたんだ。でもあたしがピアノを弾くと、必ず親たちがけんかを始める。あたしのピアノは、悪魔のピアノなんだ」

「……それってさ、わざわざ君絵がまずいときを見はからってピアノ弾いてたんじゃないの？　あんたってそういうタイミング悪いとこあるから」

「でもどっちにしても、あたしがピアノを弾くときは、だれかとだれかがけんかするときなんだ」

君絵がぼやいて、寝がえりを打った。その拍子にわたしたちの背中がこつんとぶつかった。

わたしたちはうちのマンションの、わたしの部屋の、同じベッドの上にいた。

メトロノームの悲劇のあと、絹子先生とサティのおじさんはひたすら君絵に謝って、君絵もすぐに泣きやんだけど、だけど君絵は、傷ついていた。そのまま家に帰すのが忍びなく思えて「うちに来る?」と尋ねたら、「ヤッホー」と三回言ったので、小首をかしげながらもうちに連れてきたのだ。君絵のお母さんには母から電話を入れてもらった。

「あたしはもう一生、ピアノは弾かない」

豆電球ひとつの薄暗い部屋に、君絵のいじらしい決意が響いた。

「でも、あたしが一生ピアノを弾かなくても、絹子先生とサティのおじさんは、もうだめかもしれないな」

「どうして?」

「勘だよ、勘。あたしは大人のけんかに関しては、ちょっと鼻がきくんだ」

わたしは急に心細くなって、君絵の背中にぴたっとひっついた。

「ねえ、君絵」

「なんだ」

「絹子先生はもうワルツを踊らないね」

「だから言ったろ、覚悟しとけって」

「君絵はそんなに簡単に覚悟できるの？　ワルツの夜がなくなってもいいの？」

　わたしがつめよると、君絵は「ばかっ」と声を荒らげて、

「いいわけないだろ。あたしだって奈緒に負けないくらい、木曜日を楽しみにしてたんだからな。あたしが日本海に行かないでもどってきたのは、なんのためだと思う？」

「お金がなかったため、でしょ。あてにしてたサティのおじさんにも断られて……」

「それだけじゃないっ」

　君絵の足がわたしのふくらはぎをキックした。

「学校なんかクソおもしろくなくて、家なんかもうクソクソで、それでもあたしがもどってきたのはな、こっちには木曜日の夜があるからなんだ。日本海には、絹子先生もサティのおじさんもいないからなんだ」

「ひとり忘れてない？」

「どんなに最悪のときだってさ、木曜日だけはいい気分で、楽しくって、なんかこう、きらきらしてたよなあ」

　遠い思い出にでもひたるように、君絵はしみじみとつぶやいた。それからふっと冷めた声になり、

「でも結局、あの木曜日の夜は、絹子先生とサティのおじさんが作ったもんなんだよな」

「どういうこと？」

「だからさ、あの広間は絹子先生のもんで、ワルツを弾いたりうたったりしてたのはサティのおじさんで、そんなふうにして木曜日の夜を作ったのはあのふたりだから、だからふたりはいつだって、好きなときに、終わりにできるんだ。大人はいつだってそうなんだ。なんでも好きなように作って、好きなように終わらせるんだ」

「ふうん」

君絵はときどきむずかしいことを言って、わたしをまごつかせる。能天気な歌ばかりうたっているくせに、ときどきぽろりと、本音をこぼす。

「奈緒」

君絵の言う意味を考えていたわたしに、畳みかけるように君絵が言った。

「あたしたちが大人になったらさ、好きなもんを好きなように好きなだけ作って、そんで毎日を木曜日みたいに、きらきらさせてやろうな。そんで、そんで……」

「それで？」

「そんで絶対に、終わらせないんだ」

「……うん」

泣きだす寸前で笑うことに決めた子供みたいな、そんな必死の声だった。

約束だぞ、と言った君絵の声を、わたしは今でもおぼえている。

「うんっ」

「約束だぞ」


君絵の鼻は本当にきいた。不吉な予感は的中した。そのつぎのレッスンから、サティのおじさんは広間に姿を現さなくなってしまったのだ。

あんなことがあったあとだから、サティのおじさんも人並みに気まずい思いをしているのかもしれない。初めのうちはそんなふうに考えていたわたしも、二週間、三週間……と日を追うごとに不安になってきた。そして改めて、毎週毎週、わたしたちをにぎわしていたサティのおじさんの存在の大きさ、根深さを知ることになった。

サティのおじさんがいないだけで、あの笑い声が聞こえないだけで、コロンのにおいがないだけで、がらんと広すぎる広間はまるでペダルのないピアノのようだった。

どんな音も響かない。心の奥まで届かない。耳の入り口でぼわんとかすんで消えてしまう。

もうとっくに覚悟を決めたような顔をしていた君絵も、いざとなるとわたし以上におろおろしていた。君絵はわたし以上にサティのおじさんになつき、一時は駆け落ちに誘ったほどなのだから、むりもない。

「サティのおじさん、どうしたの？」

わたしたちは何度も絹子先生に訊《き》いたけど、そのたびにあいまいな笑顔でごまかされてしまった。

「心配しないで。彼は今、ちょっと温泉めぐりの旅に出ているの」

そんなばかな。

しかし、そんな状態の中でも、わたしたちがほのかな希望を持っていられたのは、絹子先生のつぎの言葉を信じていたからだ。

「でもね、来月の発表会までには必ずもどってくるわ。君絵ちゃんと奈緒ちゃんの演奏、とても楽しみにしていたわよ」

それだけが望みの綱だった。

わたしと君絵はせっせと発表会の練習を重ねた。わたしはピアノの練習を。君絵は歌の練習を。

あたしはもう一生、ピアノは弾かない。あの言葉のとおり、君絵は発表会でもピアノは弾かずにうたう、と宣言したのだ。おかげでわたしが君絵の伴奏もつけることになった。

いつもは即興のてきとうな歌詞ばかりでうたっていた君絵も、今回ばかりは本腰を入れて作詩に取りくんでいた。夜中に突然「歌のことで相談がある」と、電話をかけてきたり、日曜日の朝っぱらから「奈緒、発表会の練習だ！」と、人んちに押しかけてきたり。発表会にかける君絵の情熱は並大抵じゃなかった。

もしかしたら君絵は、わたしたちふたりの歌とピアノによって、何かを変えることができると思っていたのかもしれない。

赤を黄色に変えるような、木馬を白馬に変えるような、涙を水晶に変えるような、そんな何かを期待していたのかもしれない。

発表会用に君絵が選んだのは、もちろんサティの曲だった。

〈アーモンド入りチョコレートのワルツ〉

十二月二十三日。クリスマス・イブの前日。

絹子先生宅のつる草の門には、夜になると光る色電球が、小さなつぼみのようにいくつもちりばめられていた。その門をくぐりぬけ、広い庭へと歩みを進めると、玄関の扉にはクリスマス用のリースがかかっている。このリースはうちの母のお手製だ。丁寧に編みこんだ月桂樹《げっけいじゅ》のリングを赤いリボンと鈴で飾っている。

チロン、と鈴を鳴らしてその扉を開き、ぴかぴかに磨かれた廊下を通りぬけると、広間の入り口にそそり立っているのは特大のクリスマス・ツリー。今にも天井にぶつかりそうなもみの木を、ふんだんなオーナメントで彩っている。すでにちかちかと点滅している色電球。淡雪みたいな綿。金銀の星々。色とりどりのミラーボール。クッキーマンやエンジェルを始め、たくさんのかわいいマスコット人形。そして昨夜、このツリーの飾りつけを手伝いに来たときに、なぜだか君絵が残していった短冊。「発表会がうまくいくように」。

広間の壁の上のほうには、赤と緑のリボンがぐるりとめぐらされていた。ソファやテーブルはほかの部屋へ運びだされ、代わりに客席用のパイプ椅子が三十脚ほど設けられている。

三十脚。その数け去年の半分だった。

おまけに発表会の始まる十分前になっても、パイプ椅子の大半が空席のままだった。

「ほんとにこんなに減ってたんだ」

クリスマス・ツリーの陰からさびしい客席をのぞき見し、私は初めて母の懸念を自分の目で実感した。

色電球やマスコット人形の数に比べて、人間の数が少なすぎる。

「関係ないよ」

横から君絵がとがった声をあげる。

「べつに、そこいらのババアに聴かせるために練習してたわけじゃないんだ」

「でも今日はそこいらのババアだけじゃなくて、君絵んちのおばさんも来てるんじゃない？　ほらあそこ、うちのお母さんのとなりに」

「そうなんだ。うちのババア、何を血迷ったのか、三年ぶりに来やがった。おかげであたしは、じつを言うと、緊張してる」

君絵が言って、そわそわと胸もとのボタンをいじりだした。

いつもはジーパンばかりの君絵も、今日はすとんとしたAラインのワンピースを着ている。かき氷のシロップみたいな青が君絵のくっきりした顔だちを引きたてていた。

わたしの衣装はパールピンクのシンプルなドレス。ウエストをリボンでしぼり、歩くと、すそがふわりと揺れる。母の手作りの大作だ。

「サティのおじさん、まだ来ないね」

ピアノの調律が終わり、教え子たちがステージに集合しはじめた。

携帯用のカイロで指先をあたためながら、わたしはだんだん不安になってきた。

「来るよ、絶対」

君絵は断言した。

「でもサティのおじさんのことだから、ふつうには来ない」

「そりにでも乗ってくるの？」

「うーん。近いような気がする」

午後一時。ついに開会の時間となり、わたしたち教え子は絹子先生を真ん中にしてステージの上に整列した。

生徒の数は十一人。客はたったの九人。これから演奏する側も、その演奏を聴く側も、だれもがなんとなく伏し目がちな中で、しゃんと背筋を伸ばしているのはクリスマス・ツリーと絹子先生くらいだった。

「今日はお忙しい中、愛弟子《まなでし》たちの晴れ舞台におこしくださいまして、ありがとうございます」

去年とちっとも変わらない、にこやかな表情で絹子先生が挨拶《あいさつ》をした。藤色の上品なドレスがよく似合っていた。

「この日のためにみんな、自分らしい曲を探して、自分なりに工夫し、練習を重ねて参りました。どうか最後までごゆっくりと——」

絹子先生がしなやかに腰を折りまげた、つぎの瞬間。

「メリー・クリスマス！」

突然、クラッカーの弾《はじ》ける音がして、客席のだれかが「ひゃあ」と、声を張りあげた。

わたしたちはいっせいに音のほうへと注目した。そしてだれもが、ぎょっとした。

広間の入り口、クリスマス・ツリーのとなりに、ひげもじゃのサンタクロースが立っている。綿のついた赤い服を着て、赤い帽子をかぶり、大きな布袋を背中にしょって。まさに典型的なサンタクロースの装いで、わたしたちににこにこと手をふっているその人の正体は、もはや言うまでもなく……。

「サティのおじさんだっ」

君絵がさけんで、ステージから飛びだした。客席の脇をすりぬけ、体当たりでもするような勢いでサティのおじさんの胸に飛びこんでいく。

サティのおじさんもうれしそうに目を細め、君絵をガシッと受けとめた。ふたりは十年ぶりに再会した恋人同士のように喜びあっていた。

「あら、まあ」

絹子先生がくすっと笑った。

そうこうしているうちに、あっけに取られていた客たちも正気にもどってきたらしい。

ざわざわと、困惑の声が広間に広がっていく。

「あの人が……」

「そうそう、フランスの……」

「国に帰ったんじゃなかったのかしら」

サティのおじさんは白い布袋を床におろすと、空いた手で君絵の肩を抱きながらステージへむかってきた。そしてもう一度、今度は絹子先生ひとりにむかって、

「メリー・クリスマス」

ちょっと照れくさそうにほほえみかける。

「メリー・クリスマス」

絹子先生もにっこりとほほえみかえした。

ひさしぶりにふたりはとてもいい顔で見つめあっていた。絡みあう視線が優しかった。

サティのおじさんが出現して間もないころのふたりのようだった。

やがてサティのおじさんは絹子先生のほおに短いキスをして、広間のどよめきが二倍になり、でも絹子先生は平然とした顔で、

「ではみなさま、最後までごゆっくりとお楽しみください」

この年の発表会はそんなふうにして幕を開けた。

プログラムは順調に進み、すでに半ばを迎えていた。ステージ上ではオレンジ色のワンピースを着た小学生が、リヒナーの〈ジプシーの踊り〉を奏でている。アップテンポの切れのいい曲だ。これが終わると、わたしの番になる。

演奏の順番はくじびきで決まっていた。世間一般のピアノ教室では、曲のレベルによって順番を決める（つまり下手な順に）らしいけど、絹子先生はそういうやり方をしなかった。

わたしの演奏は五番目で、君絵の歌は六番目。君絵の伴奏もわたしが弾くため連番にしてもらった。

「いいか、奈緒。リラックスしろよ」

「してるって」

「リラックスするためにはな、てのひらに『人』の字を三回書いて……」

「してるってば。緊張してるのは君絵のほうでしょ」

「あたしは平気だ。もう五十人ぐらい『人』をのんだ」

「それ、平気じゃないってことだよ」

控え室代わりの廊下でひそひそと言いあっているうちに、〈ジプシーの踊り〉が終わって拍手の音が聞こえ、ついに、わたしの出番が来た。

「しっかり、な」

「君絵もね」

大きく息を吸いこんでから、わたしはすっと右足を踏みだした。ドレスのすそを上手に揺らしながらステージへと進みでる。

頭上からふりそそぐシャンデリアの光が、いつもより少しだけまぶしく見えるけど、だいじょうぶ、緊張はしていない。客が少ないぶんだけ気がらくだ。

まばらな客席にむかって、わたしはゆっくりとおじぎをした。パチパチと響く拍手の中、すばやく椅子の高さを調節する。やがて拍手が静まると、わたしは椅子に腰かけて、両手をそうっと持ちあげた。

最初の低音。

ここが勝負だ。

うまくいった。しっかりと始まった。

ほっとしたとたん、両手がなめらかにすべりだした。

〈金の粉〉。初めて聴いた瞬間から、ひとめぼれのようにわたしを魅了したサティのワルツが、わたしの手によって広間に溶けこんでいく。

ワルツには感情をこめすぎちゃいけない。顔をしかめたり首を激しく揺すったり、そんなヤボな真似はワルツには似合わない。ただ十本の指を気ままに踊らせてあげる。それだけでいい。あとはピアノが音色を運んでくれる。メロディーが自由に羽ばたいていく。

最初の章が終わり、少し余裕が出てくると、わたしは横目で客席の様子をうかがった。母は後方の席で、絹子先生は右の壁にもたれて、ふたりとも口もとに笑みを浮かべている。君絵は広間の入り口からVサインをつきだしている。

サティのおじさんは？

いた。一番前の席にいた。こわいほど真剣な、気合いのこもった表情でこちらを見つめている。まるですべての音符を耳の穴に吸いこんでやるぞ、とでもいうような形相だ。

でもそんなのは初めのうちだけだった。ワルツを前にして、サティのおじさんがじっとしていられるわけがない。やがてそわそわと体を揺すりだし、ついに立ちあがって、絹子先生のもとへ歩みよっていった。

そしてふたりは——踊りだしたのだ。

びっくりした。

わたしだけではない、客席のだれもがびっくりしていた。

それでもふたりは踊りつづけた。人々の視線などおかまいなしに、あきれられようが非難されようが、そんなものはなんでもないといった調子で、軽々とステップを踏み、どこまでも優雅に、ふたりは踊る。

真っ赤なサンタクロースと、藤色の魔女のワルツ。

このふたりは、すごい。やっぱりすごい。だれにも太刀打ちできない。

わたしはつくづく感心し、おかげでミスタッチが増えたけど、これほど楽しくピアノを弾けたのは生まれて初めてだった。

ラストの和音でわたしの指が止まると、ふたりのワルツも止まった。

まだとまどっている客席からおざなりの拍手が聞こえてくる。ちらりと見ると、母の目は笑っていた。そのとなりでは君絵のお母さんが不安げな顔をしている。

つぎは、君絵の歌。

拍手の波のむこうから、まばゆい青が近づいてきた。君絵はまっすぐに前をむき、けんかでも売りに来るような足どりで、大股《おおまた》にずんずん迫ってくる。

ステージにひょこんと足をのせると、君絵はぶっきらぼうに頭をさげて、

「あたしはピアノは弾きません」

いつものようにどうどうと胸を張って言った。

「なぜならば、人間には向き不向きというものがあって、似合わないことをむりにやると、災いが起こるからです。だからあたしは、うたいます」

これは君絵のアドリブだ。こんな演説をするなんて聞いていなかったわたしは仰天した。客の反応は想像にまかせたい。

君絵のお母さんは恥ずかしそうにほおに手を当てて、それでも君絵から目を離さずにいた。絹子先生とサティのおじさんは壁際でよりそい、盛大な拍手を送っている。

君絵の目配せを受けて、わたしは伴奏を開始した。

〈アーモンド入りチョコレートのワルツ〉

君絵も同時に大声でうたいだした。負けるもんかと、だれにどう思われても負けるもんかと、その声は強く訴えていた。

これでいいのだと、わたしは思った。

絹子先生とサティのおじさんはワルツで、

君絵は歌で、

そしてわたしはふつうにしていることで、

みんなが自分をつらぬいている。

これでいいのだ。

りんとした君絵の横顔を見ながら、その高らかな歌声を聴きながら、何度も何度も、そう思った。

まわるまわる　アーモンド
チョコのなかで　くるくるりん
おどるおどる　アーモンド
おいしそうに　ぐるぐるりん
きょうも　あしたも
くる　くる　ぐる　ぐる
おどりつかれたら
たべられてしまうから

まわるまわる　アーモンド
てをつないで　くるくるりん
おどるおどる　アーモンド
たのしそうに　ぐるぐるりん
どんなときでも
くる　くる　ぐる　ぐる

たちどまらずに
そのまま いくんだ

教え子全員の演奏が終わると、最後に絹子先生がちょっとしたリサイタルを開くのが毎年の恒例だった。うちの母などはこれを聴きに来ていたふしもある。

絹子先生はまずベートーヴェンの有名な〈月光〉で客を引きつけ、続いてラフマニノフの〈前奏曲第六番ト短調〉をダイナミックに弾きあげた。ラストはサティの〈ピカデリー〉で愉快にしめくくる。

考えてみればこの年、絹子先生はワルツを弾かなかった。

発表会の終了後、広間でささやかなクリスマス・パーティーを開くのも毎年の恒例だ。いつもなら発表会が終わるころにはもう日が暮れているのだが、人数が人数なだけに、その日はまだ外も明るかった。半数の教え子とその親は、なんだかんだと理由をこしらえて、パーティーが始まる前にそそくさと姿をくらませた。

残った人たちだけでパイプ椅子を円形に並べかえ、その中央に卵形のテーブルを運びこむ。絹子先生お手製のマフィンやフルーツケーキ、チョコレートムースなどがつぎつぎにテーブルを埋めていく。

たった十二人のクリスマス・パーティーも悪くはなかった。わたしと君絵の母親をふくめて、広間に残った四人のお母さんはみな、絹子先生に対して好意的な人たちばかりだったから。

打ちとけた雰囲気の中で大人たちは雑談を楽しみ、生徒は生徒でもっぱら食べることを楽しんでいた。まだ幼い教え子の中には、まるで七年前のわたし自身のように、絹子先生のスカートにしがみついて離れない子の姿もあった。

全員が全員、絹子先生のやり方を非難しているわけじゃない。

そのことがわかって、わたしは少し安心した。

去る者は、去る。けれども残る人もいる。それはきっと絹子先生のやり方が正しいとか、まちがっているとかの問題ではなく、好みの問題なのだろう。

サティのおじさんはサンタクロースの扮装《ふんそう》のまま、自作のワルツと歌声でパーティーをわかせてくれた。初めのうちは白けた視線をむけていたお母さんたちも、時間が立つにつれてみるみるサティのおじさんのペースに巻きこまれていった。

これが彼のマジックなのだ。まわりの人間の調子を狂わせ、頭を鈍らせて、ただふわふわと明るいだけの気分にさせてしまう。心地良いリズムで人を酔わせる。胸を弾ませ、踊らせてしまう。

そのくせ自分は、騒ぐだけ騒ぐと、勝手に「おしまい」の合図を送り、突然ぼわんと消えてしまったりするのだけど。

「奈緒ちゃん、君絵ちゃん」

パーティーがお開きになる少し前、絹子先生がわたしたちを呼びにきた。

「彼、もう行かなきゃいけないの。それで、ふたりに挨拶《あいさつ》をしてから行きたい、って」

残りのケーキをがっついていたわたしたちは、「え?」と弾かれたように顔をあげた。見ると、サティのおじさんはたしかに広間の入り口で帰りじたくをしている。帰りじたくといっても、しょってきた布袋をまたしょいなおしているだけだけど。

「サティのおじさん、どこ行くの?」

君絵があせり顔で尋ねると、

「全国のお友達めぐりの旅、ですって」

絹子先生はおかしそうにほおをたるませて言った。

「温泉めぐりの旅をしているうちにね、彼、お友達がたくさんできたらしいの。それで、せっかくお友達になったんだからって、これからその人たちの家を訪ねてまわるつもりみたい。あの恰好《かっこう》で」

「はあ」

本当に温泉めぐりの旅をしていたのか。

思わず絶句したわたしのとなりで、「なあんだ」と、君絵がぼやき声をあげる。

「せっかくもどって来たのに、また旅かよ」

「ごめんなさいね。でも彼、なんとかクリスマスじゅうにまわりたいんですって。ほら、やっぱり、あの恰好だから」

「サンタクロースの姿を見せびらかしたいってわけか。変人め」

「君絵に言われたくないってさ」

ぶつぶつ言いながらも、わたしと君絵は絹子先生と一緒にサティのおじさんの見送りにいった。

ドレスの上からコートをひっかけて表に出ると、あたりの空気はきりりと冷たく、空も地面も、まるでかちこちのアイスリンクのようだ。夕暮れの薄闇の中で、つる草の門の色電球がちらちらときらめいている。門の脇には赤い車が横づけされていて、サティのおじさんはそのトランクに布袋をつめているところだった。

わたしたちの姿に気づくなり、両手を広げて近づいてくる。

「サティのおじさん、気をつけてね」

わたしが言って、

「むちゃな旅はよしなよ、もう年なんだから」

君絵も言った。

ふたりとも、いつ帰って来るの？　と尋ねなかったのは、なぜだろう。

サティのおじさんは右手で君絵を、左手でわたしをぎゅっと抱きよせてくれた。がっしりとしたあたたかい胸。なつかしいコロンのにおい。わたしの肩をつかむ大きな手は、なかなか力をゆるめようとしない。

「息が苦しいよ」

君絵がうめくと、サティのおじさんは「ほっほ」と笑ってようやく手を放した。それからわたしたちのほおにキスをして、

「――――」

秘密の呪文《じゅもん》でもとなえるように、何か一言、ささやいた。

「なんて言ったの？」

せっつくように尋ねたわたしに、絹子先生はふふふの笑顔で教えてくれた。

「アーモンド入りチョコレートのように生きていきなさい、って」

アーモンド入りチョコレートのように？

どんな意味かはわからない。でもその言葉はすとんとわたしの中に入りこみ、どこかのふたを開けた。光があふれて、何かを照らした。その光は未来のずっと先までも伸びていく気がした。

ふと見あげると、サティのおじさんは初めて会ったときのように、まじまじとわたしたちを見つめている。

わたしはこくんとうなずいて見せた。

君絵もこくんとうなずいた。

満足そうに目じりをたらしたサティのおじさんは、一瞬、絹子先生のほうへ視線を移してから、すばやくまわれ右をした。腰をふりふり、おちゃらけたステップで車にむかっていく。

アーモンド入りチョコレートのように生きていきなさい——。

それがとても別れの文句に似ていることに気づいたのは、サティのおじさんが運転席に乗りこんでからだ。

気づいたときには、遅かった。すでにエンジンがうなり声をあげ、タイヤがゆっくりと回転を始めていた。

クラクションを二回鳴らしてから、車は動きだした。

遠ざかっていく。

黄色いテールランプが、サティのおじさんが、コロンのにおいが、すべてが、わたしたちを楽しませ、ときには悲しませたすべてのものが、遠ざかっていく。

まっすぐな一本道のむこうへと消えていく赤い車。

その中に透けて見える、サティのおじさんの真っ赤な背中。

それが、わたしの見たサティのおじさんの、最後の姿だった。

風のように現れて、風のように去っていく。

そんなかっこいい登場や退場のしかたをサティのおじさんは狙ってたのかもしれない。

しかし、それにしてはあまりにも、計画性がなさすぎた。

サティのおじさんはあのあと、たしかに友達めぐりの旅に出た。その途中でスピード違反で捕まった。彼はフランスの免許証は持っていたものの、日本でも通用する国際免許証は持っていなかった。さらに悪いことに、パスポートにあった観光ビザの有効期限は三か月。もうとっくに過ぎていた。

絹子先生を巻きこんでのごたごたのあと、結局、サティのおじさんはフランスに強制送還となった、というのが事の顚末《てんまつ》だ。

かっこわるすぎる。

「どっちみち、友達めぐりの旅が終わったら、フランスに帰る予定だったの」

最後の最後まで、とことん人騒がせだったサティのおじさんをかばうように、絹子先生はそう説明をつけたした。

「彼、温泉でお金を使いはたしてしまったし、それにいつまでもひとつのところでじっとしていられる人じゃないのよねえ」

さらっとした言い方ではあったけど、瞳《ひとみ》はなんとなくうつろだった。絹子先生だけじゃない。わたしも、君絵も、みんながしばらくのあいだ、ぼうっと余生でも過ごすように生気をなくしていた。

つらいから、サティのおじさんの話はしなかった。

つらいから、サティの曲さえも聴かなくなった。

そんな暗がりの日々から真っ先にぬけだしたのは、絹子先生だった。サティのおじさんが消えて三か月ほど経ったあたりから、彼女は手品に凝りはじめたのだ。

レッスンに行くたびに絹子先生は、ステッキから花を出したり、シルクハットからつぎつぎとハンカチを引きだしたり、おぼえたての芸をわたしたちに披露してくれた。レッスン中の広間になぜか鳩が舞う。ただの黒豆が一瞬にして、ほたるに化けて光りだす。そうした高度なテクニックを身につけていくうちに、少しずつ、ひとつずつ、絹子先生らしさを取りもどしていったように思える。

やがて彼女がぽつんと、「美女を宙に浮かしたいわ」とつぶやいたとき、この人はもうだいじょうぶだ、と、わたしは確信した。

わたしと君絵も手品の助手をつとめることにより、徐々に活気を取りもどしていった。広間にサティの音楽がよみがえり、わたしたちの口から自然とサティのおじさんの名前が飛びだすようになるまでには、それでも半年近くかかったのだけど。

「あの袋には、いったい何が入ってたのだろうか⁉」

冬も春もなんとかのりこえて、中二の夏がめぐってきたころ、広間のソファであいかわらず漫画を読んでいた君絵が、ふいに立ちあがって大声をあげた。

「袋?」

ステージから絹子先生とわたしがふりかえると、

「ほら、サティのおじさんがさ、発表会のときにしょってきたじゃん、あのサンタクロースのばかでかい袋。あの中には、あたしたちへのプレゼントが入っていたのではなかったのか?」

うーん、そういえば……と首をひねったわたしの横で、「元気よ」と、絹子先生が晴れやかに言いきった。

「あの袋の中にはね、彼の元気がぎっしりつめこまれていたの。彼は今でもその元気を、世界中の人たちに配り歩いているのよ」

「なるほど」

君絵はふむふむとうなずき、わたしも納得してまた楽譜にむきなおったものの、もはや頭の中はべつのものでいっぱいで、音譜がうまく入ってこない。

あたしは——。

そのとき頭を占めていた思いは、まるで何かの種みたいに、今でもわたしの中に留まっていて、いつか花開く日を待っている。

わたしは、アーモンド入りチョコレートのように、生きていけるだろうか?

解説

角田光代

「アーモンド入りチョコレートのワルツ」をはじめて読んだのは、七、八年前、私が三十歳になったころだった。読みはじめてすぐに思った。どうして私が中学生のときに、この作家に会えなかったのか！　と。よく考えてみれば、作者の森絵都さんは私より年下で、私が中学生だったときは中学生か、もしかすると小学生だったのだから、私のその願望はむろん、タイムスリップして過去に戻ったとしても叶えられるはずはない。

もちろん三十歳の私にも、この一冊は魅惑的な本だった。主人公たちはみな、中学生である。大人が思い出す中学生とか、「こうあってほしい」中学生とかではなくて、ごくふつうに、十代初期を生きる男の子であり女の子である。読みながら即座に私はその気分を思い出すことができるし、そのときの目線で世界を見ることができる。けれど、この三つの小説の魅力は、そんなところにあるのではない。

十四年か十五年か、それくらいの時間を生きる彼らは、三十年かそれよりもっとか、とにかく彼らより倍の時間を生きている私に、何か非常にたいせつなことを思い出させてくれるのである。私が今、知りたかったことを教えてくれるのである。もちろんそれは、こう生きるべしというような教訓ではないし、かっこいい大人像という理想でもない。もっとさりげなくて、もっとなんでもないもの。

「ふしぎな大人たちとのワルツ・タイムは、わたしをどこかべつの世界へ、べつの次元へと導いてくれた。学校の教室で大声をあげてはしゃぎあう、クラスメイトたちとの楽しみとはまったくべつのものの何か、何か濃厚なときめきがそこにはあった。」（「アーモンド入りチョコレートのワルツ」より）

　このかんじを、たしかに私は知っている。「つくりはじめの蚕の繭みたいに、うっすらとやわらかく、ふわふわした白い光」を、ものすごく深いところで知っている。それはノスタルジーではないし、過ぎ去った記憶ともちがう。今、それは私の内にあるものだ。三編の小説が、小説のなかで十代を生きる彼や彼女が教えてくれるのは、そういうことだ。

　けれど作者は、その「濃厚なときめき」が終わることも、クールなほどのいさぎよさで書いている。

「ぼく」が、いとこたちとともに別荘で過ごす「子供は眠る」、中学卒業を控えた不眠症の「ぼく」が、嘘つきの女の子と関わることになった「彼女のアリア」、いっぷう変わったピアノ教師のもとにクラスメイトと通う「わたし」が過ごした時間を描く「アーモンド入りチョコレートのワルツ」。十三歳から十五歳までの彼・彼女は、変化のただなかにある。「ふわふわした白い光」を手に入れたかと思うと、次の瞬間、時間がそれを奪っていく。子どもの気分を残したままの彼らのまわりで、世界は急速に変化していく。中学生にとって、その変化は待ち遠しくもある一方で、何より残酷に思われる。

世界は急速に変化する。別荘に集まる「ぼく」は、年上の章くんより泳ぐのが速くなり、不眠症の「ぼく」は眠れるようになり中学校を卒業し、ピアノ教室の濃密な時間は「わたし」がどんなに抵抗しても、ゆっくりと終わりを告げる――。

作者はその残酷な変化を書いているのに、しかしなんとも不思議なことに、読み手の心に残るのは頑丈な不変である。変化を書くことで作者は不変ということを私たちに気づかせる。

中学生ではない私が、中学生の物語を読んで、「ああ、あったそういうこと」という感想ではなく、「そうそう、そうなんだ」と、すとんと共感できるのは、だからじゃないかと思う。書かれているのは変化ではなく不変だから。不変のものは年を経ても等しく私の内にあるから。

やさしさ、という言葉にたいして、私はたいへん懐疑的だった。なんというか、とらえどころのない、淡い何かで、それはときとして、弱さや、卑怯《ひきょう》さや、無責任さにつながると思っていた。やさしさという言葉が持っている感触は、ごつごつしたかたいものではなくて、さわさわと手触りのいいやわらかいもののはずで、そこのところも気にくわなかった。だから、何に対しても、やさしいという表現を避けてきたのだけれど、じつは、森絵都さんの小説を読んでから、その考え方が一八〇度変わった。

森さんの書く小説はかぎりなくやさしい。やさしいのに、さわさわと手触りがいいわけではないのだ。きれいごとを慎重に排しているせいで、どちらかというと、ごつごつしている。いわば骨太のやさしさ。そうしてそこには、私がかつて抱いていた弱さ、卑怯さ、無責任さは微塵《みじん》もない。やさしさというのはものすごく力強い何かだと、森さんの小説はたしかに思わせる。それは作者の覚悟なんじゃないかと私は思う。

森さんの小説のやさしさというのは、肯定だと私は思っている。あるがままのものを肯定する。それはたとえば、「彼女のアリア」のラストである。ここで主人公の「ぼく」は、なぜ彼女が嘘ばかりついていたのかを暴かない。彼が、家庭の事情のその後を彼女にひとつひとつ質問していくとき、何度読んでも、私はおんおんと泣いてしまう。

これはまぎれもない肯定だ。それが自分を守ってくれるから受け入れるのではない、美しいから認めるのではない、醜くても意味がなくとも、自分に利点なんかなんにもなくても、それがそこにすでにある、だから腕を広げて受け入れる。森さんの小説を貫いているのは、この肯定ではないかしらと、私はいつも思う。

そこにあるものを肯定するのは、否定するよりずっとむずかしい。だって、いいものばかりでは決してないから。

美しいものやことで満たされているわけではないこの世界を、小説という手法で切り取るとき、ぜったいに肯定してやる。そのままのかたちを受け入れてやる。作者はそう覚悟をきめているのではないか。その能動的な覚悟は、私には大いなる謀反《むほん》のようにも思えたりする。かなしいことも残酷なこともときに野放しにされる世界への、せいいっぱいの抵抗と謀反。森さんの小説が骨太にやさしいのは、彼女の世界に対する目線が、ひどく厳しいからだと私は思う。

ひょっとしたら森さんはうれしくないかもしれないけれど、私にとっての森さんは、「アーモンド入りチョコレートのワルツ」の、絹子先生そのものだ。突拍子がなくて、愉快で、この上なく魅力的。何にもとらわれず自由で、人と自分を楽しませる方法を深いところで知っている。

そうして絹子先生が、ピアノ教室をサロンのように開放しているように、森さんは、描くことで切り取った世界を、私たち読み手に開放してくれている。絹子先生のもとに集まる子どもたちは、自分の好きなことをして許される。歌いたければ歌えばよく、踊りたければ踊ればいい。もし遠くそこを離れてしまったとしても、絹子先生は家じゅうの明かりをつけて、あたたかい紅茶を入れて、好きなときに帰れる場所を用意してくれている。それはまさに森さんの小説であるような気がする。どんなふうに読んだっていい、ただ楽しんでくれればいい、作者が肯定した世界の庭で、私たちは自由にふるまうことを許されている。夢のような時間を過ごすことを許されている。

絹子先生のサロンと森さんの小説と、たったひとつちがうところがあるとするなら、絹子先生の夢の時間は変化に抗《あらが》えないが、森さんの小説は変化などものともしない、ということである。

だから、私は中学生の時分に、森絵都という作家に会えなかったことを悔やむ必要はないのだ。二十歳だろうと、三十歳だろうと、はたまたもっと年上であろうと、この作家に出会った瞬間、私は開放された彼女の庭に入っていくことができるのだし、そこにひろがる世界というのは、絶対的に不変なのだから。

本書は一九九六年十月、講談社より刊行された
単行本に加筆、修正を加え文庫化したものです。

アーモンド入《い》りチョコレートのワルツ

森《もり》 絵《え》都《と》

平成17年 6月25日 初版発行
令和5年 12月10日 52版発行

発行者●山下直久

発行●株式会社KADOKAWA
〒102-8177 東京都千代田区富士見2-13-3
電話 0570-002-301(ナビダイヤル)

角川文庫 13811

印刷所●株式会社KADOKAWA
製本所●株式会社KADOKAWA

表紙画●和田三造

ISBN978-4-04-379101-9 C0193

角川文庫発刊に際して

角川源義

第二次世界大戦の敗北は、軍事力の敗北であった以上に、私たちの若い文化力の敗退であった。私たちの文化が戦争に対して如何に無力であり、単なるあだ花に過ぎなかったかを、私たちは身を以て体験し痛感した。西洋近代文化の摂取にとって、明治以後八十年の歳月は決して短かすぎたとは言えない。にもかかわらず、近代文化の伝統を確立し、自由な批判と柔軟な良識に富む文化層として自らを形成することに私たちは失敗して来た。そしてこれは、各層への文化の普及滲透を任務とする出版人の責任でもあった。

一九四五年以来、私たちは再び振出しに戻り、第一歩から踏み出すことを余儀なくされた。これは大きな不幸ではあるが、反面、これまでの混沌・未熟・歪曲の中にあった我が国の文化に秩序と確たる基礎を齎らすためには絶好の機会でもある。角川書店は、このような祖国の文化的危機にあたり、微力をも顧みず再建の礎石たるべき抱負と決意とをもって出発したが、ここに創立以来の念願を果すべく角川文庫を発刊する。これまで刊行されたあらゆる全集叢書文庫類の長所と短所とを検討し、古今東西の不朽の典籍を、良心的編集のもとに、廉価に、そして書架にふさわしい美本として、多くのひとびとに提供しようとする。しかし私たちは徒らに百科全書的な知識のジレッタントを作ることを目的とせず、あくまで祖国の文化に秩序と再建への道を示し、この文庫を角川書店の栄ある事業として、今後永久に継続発展せしめ、学芸と教養との殿堂として大成せんことを期したい。多くの読書子の愛情ある忠言と支持とによって、この希望と抱負とを完遂せしめられんことを願う。

一九四九年五月三日

角川文庫ベストセラー

つきのふね　森　絵都

親友との喧嘩や不良グループとの確執。中学二年のさくらの毎日は憂鬱。ある日人類を救う宇宙船を開発中の不思議な男性、智さんと出会い事件に巻き込まれる。揺れる少女の想いを描く、直球青春ストーリー！

DIVE《ダイブ》!!　(上)(下)　森　絵都

高さ10メートルから時速60キロで飛び込み、技の正確さと美しさを競うダイビング。赤字経営のクラブ存続の条件はなんとオリンピック出場だった。少年たちの長く熱い夏が始まる。小学館児童出版文化賞受賞作。

いつかパラソルの下で　森　絵都

厳格な父の教育に嫌気がさし、成人を機に家を飛び出していた柏原野々。その父も亡くなり、四十九日の法要を迎えようとしていたころ、生前の父と関係があったという女性から連絡が入り……。

宇宙のみなしご　森　絵都

真夜中の屋根のぼりは、陽子・リン姉弟のとっておきの秘密の遊びだった。不登校の陽子と誰にでも優しいリン。やがて、仲良しグループから外された少女、パソコンオタクの少年が加わり……。

ラン　森　絵都

9年前、13歳の時に家族を事故で亡くした環は、ある日、仲良くなった自転車屋さんからもらったロードバイクに乗ったまま、異世界に紛れ込んでしまう。そこには死んだはずの家族が暮らしていた……。

角川文庫ベストセラー

気分上々　森　絵　都

〝自分革命〟を起こすべく親友との縁を切った女子高生、一族に伝わる理不尽な〝掟〟に苦悩する有名女優、無銭飲食の罪を着せられた中2男子……森絵都の魅力をすべて凝縮した、多彩な9つの小説集。

クラスメイツ〈前期〉〈後期〉　森　絵　都

部活で自分を変えたい千鶴、ツッコミキャラを目指す蒼太、親友と恋敵になるかもしれないと焦る里緒……中学1年生の1年間を、クラスメイツ24人の視点でリレーのようにつなぐ連作短編集。

リズム／ゴールド・フィッシュ　森　絵　都

中学1年生のさゆきは、いとこの真ちゃんが大好きだ。高校へ行かずに金髪頭でロックバンドの活動に打ち込む真ちゃんとずっと一緒にいたいのに、真ちゃんの両親の離婚話を耳にしてしまい……。

きみが見つける物語　十代のための新名作　休日編　編／角川文庫編集部

とびっきりの解放感で校門を飛び出す。この瞬間は嫌なこともすべて忘れて……読者と選んだ好評アンソロジーシリーズ。休日編には角田光代、恒川光太郎、万城目学、森絵都、米澤穂信の傑作短編を収録。

きみが見つける物語　十代のための新名作　運命の出会い編　編／角川文庫編集部

部活、恋愛、友達、宝物、出逢いと別れ……少年少女小説の名手たちが綴った短編青春小説6編を集めた、極上のアンソロジー。あさのあつこ、魚住直子、角田光代、笹生陽子、森絵都、椰月美智子の作品を収録。

角川文庫ベストセラー

少女奇譚
あたしたちは無敵

朝倉かすみ

小学校の帰り道で拾った光る欠片。敵と闘って世界を救うヒロインに、きっとあたしたちは選ばれた。でも、魔法少女だって、死ぬのはいやだ。(表題作)など、少女たちの日常にふと覗く「不思議」な落とし穴。

タイニー・タイニー・ハッピー

飛鳥井千砂

東京郊外の大型ショッピングセンター、「タイニー・タイニー・ハッピー」、略して「タニハピ」。今日も「タニハピ」のどこかで交錯する人間模様。葛藤する8人の男女を瑞々しくリアルに描いた恋愛ストーリー。

アシンメトリー

飛鳥井千砂

結婚に強い憧れを抱く女。結婚に理想を追求する男。結婚に縛られたくない女。結婚という形を選んだ男。非対称(アシンメトリー)なアラサー男女4人を描いた、切ない偏愛ラプソディ。

砂に泳ぐ彼女

飛鳥井千砂

やりがいを見つけるため上京した紗耶加は、気の合う同僚に恵まれ充実していた。しかし半同棲することになった彼氏の言動に違和感を覚えていく。苦悩する紗耶加を救ったのは思いがけない出会いだった――。

正義のセ
ユウズウキカンチンで何が悪い!

阿川佐和子

東京下町の豆腐屋生まれの凜々子はまっすぐに育ち、やがて検事となる。法と情の間で揺れてしまう難事件、恋人とのすれ違い、同僚の不倫スキャンダル……山あり谷ありの日々にも負けない凜々子の成長物語。

角川文庫ベストセラー

冷静と情熱のあいだ Rosso　江國香織

2000年5月25日ミラノのドゥオモで再会を約したかつての恋人たち。江國香織、辻仁成が同じ物語をそれぞれ女の視点、男の視点で描く甘く切ない恋愛小説。

泣く大人　江國香織

夫、愛犬、男友達、旅、本にまつわる思い……刻一刻と姿を変える、さざなみのような日々の生活の積み重ねを、簡潔な洗練を重ねた文章で綴る。大人がほっとできるような、上質のエッセイ集。

はだかんぼうたち　江國香織

9歳年下の鯖崎と付き合う桃。母の和枝を急に亡くした、桃の親友の響子。桃がいながらも響子に接近する鯖崎……"誰かを求める"思いにあまりに素直な男女たち="はだかんぼうたち"のたどり着く地とは――。

アンジェリーナ 佐野元春と10の短編　小川洋子

時が過ぎようと、いつも聞こえ続ける歌がある――。佐野元春の代表曲にのせて、小川洋子がひとすじの思いを胸に心の震えを奏でる。物語の精霊たちの歌声が聞こえてくるような繊細で無垢で愛しい恋物語全十篇。

妖精が舞い下りる夜　小川洋子

人が生まれながらに持つ純粋な哀しみ、生きることそのものの哀しみを心の奥から引き出すことが小説の役割ではないだろうか。書きたいと強く願った少女は成長し作家となって、自らの原点を明らかにしていく。

角川文庫ベストセラー

アンネ・フランクの記憶　小川洋子

十代のはじめ『アンネの日記』に心ゆさぶられ、作家への道を志した小川洋子が、アンネの心の内側にふれ、極限におかれた人間の葛藤、尊厳、信頼、愛の形を浮き彫りにした感動のノンフィクション。

刺繍する少女　小川洋子

寄生虫図鑑を前に、捨てたドレスの中に、ホスピスの一室に、もう一人の私が立っている——。記憶の奥深くにささった小さな棘から始まる、震えるほどに美しい愛の物語。

偶然の祝福　小川洋子

見覚えのない弟にとりつかれてしまう女性作家、夫への不信がぬぐえない妻と幼子、失踪者についつい引き込まれていく私……心に小さな空洞を抱える私たちの、愛と再生の物語。

夜明けの縁をさ迷う人々　小川洋子

静かで硬質な筆致のなかに、冴え冴えとした官能性やフェティシズム、そして深い喪失感がただよう——。小川洋子の粋がつまった粒ぞろいの佳品を収録する極上のナイン・ストーリーズ！

不時着する流星たち　小川洋子

世界のはしっこでそっと異彩を放つ人々をモチーフに、現実と虚構のあわいを、ほんのり哀しく、滑稽で愛おしい共感の日でとらえた豊穣な物語世界。バラエティ豊かな記憶、手触り、痕跡を結晶化した全10篇。

角川文庫ベストセラー

ほどけるとける　大島真寿美

女の子特有の仲良しごっこの世界を抜け出したくて、高校を突発的に中退した美和。祖父が営む小さな銭湯を手伝いながら、取りまく人々との交流を経て、進路を見いだしていく。ほわほわとあたたかな物語。

ファミリー・レス　奥田亜希子

「家族か、他人か、互いに好きなほうを選ぼうか」ふた月に1度だけ会う父娘、妻の家族に興味を持てない夫。家族と呼ぶには遠すぎて、他人と呼ぶには近すぎる――現代的な〝家族〟を切り取る珠玉の短編集。

幸福な遊戯　角田光代

ハルオと立人とわたし。恋人でもなく家族でもない者同士の共同生活は、奇妙に温かく幸せだった。しかし、やがてわたしたちはバラバラになってしまい――。瑞々しさ溢れる短編集。

ピンク・バス　角田光代

夫・タクジとの間に子を授かり浮かれるサエコの家に、タクジの姉・実夏子が突然訪れてくる。不審な行動を繰り返す実夏子。その言動に対して何も言わない夫に苛つき、サエコの心はかき乱されていく。

あしたはうんと遠くへいこう　角田光代

泉は、田舎の温泉町で生まれ育った女の子。東京の大学に出てきて、卒業して、働いて。今度こそ幸せになりたいと願い、さまざまな恋愛を繰り返しながら、少しずつ少しずつ明日を目指して歩いていく……。

角川文庫ベストセラー

愛がなんだ　角田光代

OLのテルコはマモちゃんにベタ惚れだ。彼から電話があれば仕事中に長電話、デートとなれば即退社。全てがマモちゃん最優先で会社もクビ寸前。濃密な筆致で綴られる、全力疾走片思い小説。

いつも旅のなか　角田光代

ロシアの国境で居丈高な巨人職員に怒鳴られながら激しい尿意に耐え、キューバでは命そのもののように人々にしみこんだ音楽とリズムに驚く。五感と思考をフル活動させ、世界中を歩き回る旅の記録。

恋をしよう。夢をみよう。旅にでよう。　角田光代

「褒め男」にくらっときたことありますか？　褒め方に下心がなく、しかし自分は特別だと錯覚させる。ついに遭遇した褒め男の言葉に私は……ゆるゆると語り合っているうちに元気になれる、傑作エッセイ集。

薄闇シルエット　角田光代

「結婚してやる」と恋人に得意げに言われ、ハナは反発する。結婚を「幸せ」と信じにくいが、自分なりの何かも見つからず、もう37歳。そんな自分に苛立ち、戸惑うが……ひたむきに生きる女性の心情を描く。

西荻窪キネマ銀光座　角田光代　三好銀

ちっぽけな町の古びた映画館。私は逃亡するみたいに座席のシートに潜り込んで、大きなスクリーンに映し出される物語に夢中になる——名作映画に寄せた想いを三好銀の漫画とともに綴る極上映画エッセイ！

角川文庫ベストセラー

少女七竈と七人の可愛そうな大人　桜庭一樹

いんらんの母から生まれた少女、七竈は自らの美しさを呪い、鉄道模型と幼馴染みの雪風だけを友に、孤高の日々をおくるが――。直木賞作家のブレイクポイントとなった、こよなくせつない青春小説。

道徳という名の少年　桜庭一樹

愛するその「手」に抱かれてわたしは天国を見る――エロスと魔法と音楽に溢れたファンタジック連作集。榎本正樹によるインタヴュー集大成「桜庭一樹クロニクル2006―2012」も同時収録!!

無花果《いちじく》とムーン　桜庭一樹

無花果町に住む18歳の少女・月夜。ある日大好きな兄が目の前で死んでしまった。月夜はその後も兄の気配を感じるが、周りは信じない。そんな中、街を訪れた流れ者の少年・密は兄と同じ顔をしていて……!?

GOSICK ―ゴシック― 全9巻　桜庭一樹

20世紀初頭、ヨーロッパの小国ソヴュール。東洋の島国から留学してきた久城一弥と、超頭脳の美少女ヴィクトリカのコンビが不思議な事件に挑む――キュートでダークなミステリ・シリーズ!!

GOSICKs ―ゴシックエス― 全4巻　桜庭一樹

ヨーロッパの小国ソヴュールに留学してきた少年、一弥は新しい環境に馴染めず、孤独な日々を過ごしていたが、ある事件が彼を不思議な少女と結びつける――名探偵コンビの日常を描く外伝シリーズ。